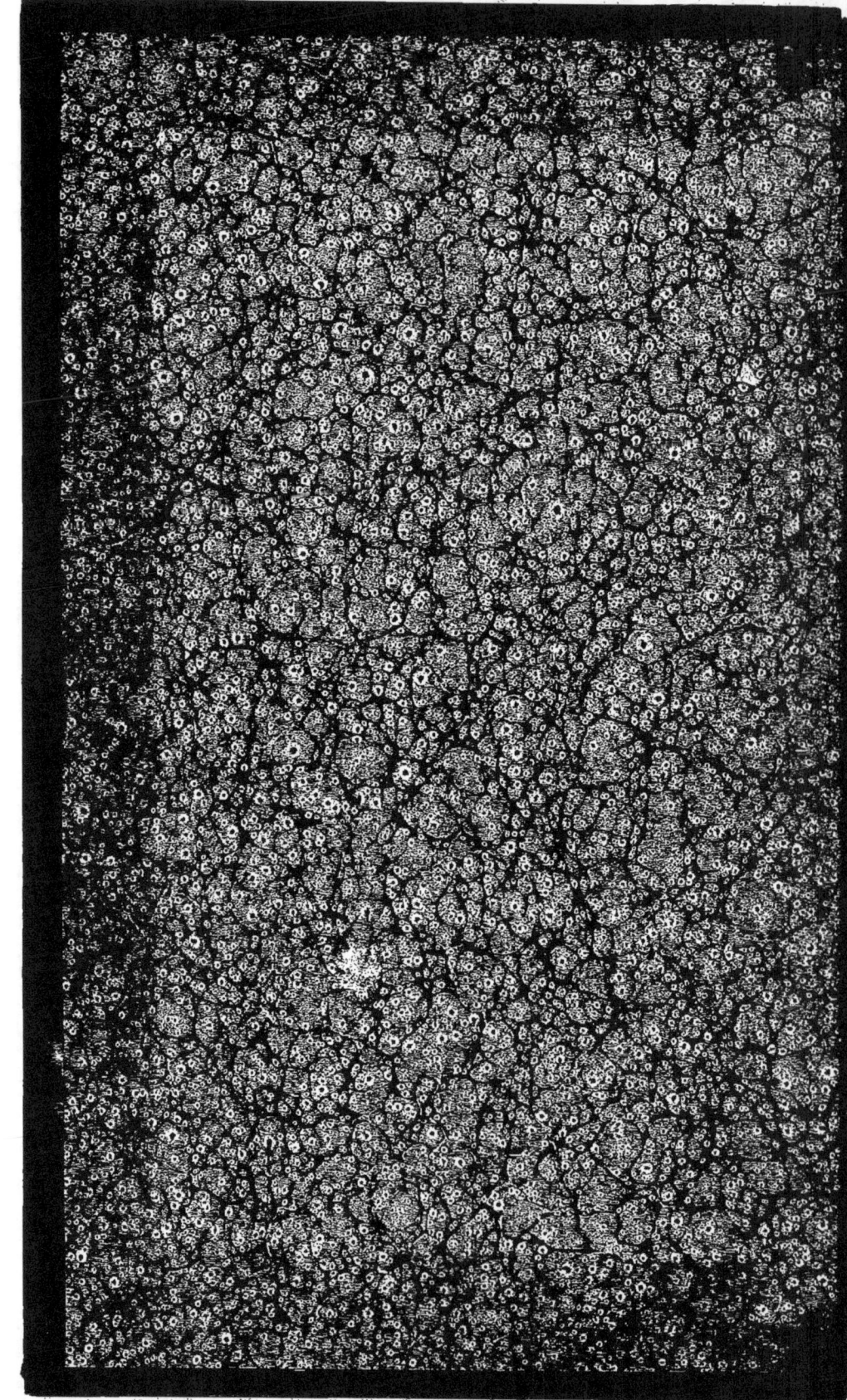

C.

LA COMTESSE

DE RUDOLSTADT.

OUVRAGES SOUS PRESSE.

—

Sceaux. — Impr. de E. Dépée.

GEORGE SAND.

LA COMTESSE

DE

RUDOLSTADT.

II

PARIS,

L. DE POTTER, LIBRAIRE-ÉDITEUR,

Rue Saint-Jacques, 38.

1844.

1843

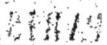

1

Aussitôt après l'opéra, la salle fut nivelée, illuminée, décorée suivant l'usage, et le grand bal masqué appelé à Berlin la *redoute* fut ouvert à minuit précis. La société y était passablement mêlée, puisque les princes et peut-être même les princesses du sang royal

s'y trouvaient confondus avec les acteurs et
les actrices de tous les théâtres. La Porporina s'y glissa seule, déguisée en religieuse,
costume qui lui permettait de cacher son cou
et ses épaules sous le voile, et sa taille sous
une robe très-ample.Elle sentait la nécessité
de se rendre méconnaissable pour échapper
aux commentaires que pourrait faire naître
sa rencontre avec M. de Saint-Germain ; et
elle n'était pas fâchée d'éprouver la perspi-
cacité de ce dernier, qui s'était vanté à elle
de la reconnaître quelque déguisée qu'elle
fût. Elle avait donc composé seule, et sans
mettre même sa suivante dans la confidence,
cet habit simple et facile : et elle était sortie
bien enveloppée d'une longue pelisse qu'elle
ne déposa qu'en se trouvant au milieu de la
foule. Mais elle n'eut pas fait le tour de la
salle , qu'elle remarqua une circonstance
inquiétante. Un masque de sa taille, et qui

paraissait être de son sexe, revêtu d'un costume de nonne exactement semblable au
sien, vint se placer devant elle à plusieurs
reprises, en lui faisant des plaisanteries sur
leur identité.

« Chère sœur, lui disait cette nonne, je
voudrais bien savoir laquelle de nous est l'ombre de l'autre ; et comme il me semble que tu
es plus légère et plus diaphane que moi, je
demande à te toucher la main pour m'assurer si tu es ma sœur jumelle ou mon spectre. »

Consuelo repoussa ces attaques, et s'efforça de gagner sa loge afin d'y changer de
costume, ou de faire au sien quelque modi-
fication qui empêchât l'équivoque. Elle craignait que le comte de Saint-Germain, au cas
où il aurait eu , en dépit de ses précautions,
quelque révélation sur son déguisement,
n'allât s'adresser à son Sosie et lui parler des

secrets qu'il lui avait annoncés la veille. Mais
elle n'eut point ce loisir. Déjà un capucin
s'était mis à sa poursuite, et bientôt il s'empara, bon gré, mal gré, de son bras. « Vous
ne m'éviterez pas, ma sœur, lui dit-il à voix
basse, je suis votre père confesseur, et je vais
vous dire vos péchés. Vous êtes la princesse
Amélie.

— Tu es un novice, frère, répondit Consuelo
en contrefaisant sa voix comme il est d'u-
sage au bal masqué. Tu connais bien mal tes
pénitentes.

— Oh! il est très-inutile de contrefaire ta
voix, sœur. Je ne sais pas si tu as le costume
de ton ordre, mais tu es l'abbesse de Quedlimbourg, et tu peux bien en convenir avec
moi qui suis ton frère Henry. »

Consuelo reconnaissait effectivement la
voix du prince, qui lui avait parlé souvent, et
qui avait une espèce de grasseyement assez re-

marquable. Pour s'assurer que son Sosie était
bien la princesse, elle nia encore, et le prince
ajouta : « J'ai vu ton costume chez le tailleur;
et comme il n'y a pas de secrets pour les
princes, j'ai surpris le tien. Allons, ne per-
dons pas le temps à babiller. Vous ne pouvez
avoir la prétention de m'intriguer, ma chère
sœur, et ce n'est nullement pour vous tourmenter que je m'attache à vos pas. J'ai des
choses sérieuses à vous dire. Venez un peu à
l'écart avec moi. »

Consuelo se laissa emmener par le prince,
bien résolue à lui montrer ses traits plutôt
que d'abuser de sa méprise pour surprendre
des secrets de famille. Mais, au premier mot
qu'il lui adressa lorsqu'ils eurent gagné une
loge, elle devint attentive malgré elle, et crut
avoir le droit d'écouter jusqu'au bout.

« Prenez garde d'aller trop vite avec la
Porporina, dit le prince à sa prétendue sœur.

Ce n'est pas que je doute de sa discrétion ni
de la noblesse de son cœur. Les personnages
les plus importants de *l'ordre* s'en portent
garants; et dussiez-vous me plaisanter encore
sur la nature de mes sentiments pour elle, je
vous dirai encore que je partage votre sympathie pour cette aimable personne. Mais ni
ces personnages ni moi ne sommes d'avis
que vous vous compromettiez vis-à-vis d'elle
avant que l'on se soit assuré de ses disposi-
tions. Telle entreprise qui saisira d'emblée
une imagination ardente comme la vôtre et
un esprit justement irrité comme le mien,
peut épouvanter au premier abord une fille
timide, étrangère sans doute à toute philosophie et à toute politique. Les raisons qui ont
agi sur vous ne sont pas celles qui feront impression sur une femme placée dans une
sphère si différente. Laissez donc à Trismé-

giste ou à Saint-Germain le soin de cette initiation.

— Mais Trismégiste n'est-il pas parti? dit Consuelo, qui était trop bonne comédienne pour ne pas pouvoir imiter la voix rauque et changeante de la princesse Amélie.

— S'il est parti, vous devez le savoir mieux que moi, puisque cet homme n'a de rapports qu'avec vous. Pour moi, je ne le connais pas. Mais M. de Saint-Germain me paraît l'ouvrier le plus habile et le plus extraordinairement versé dans la science qui nous occupe. Il s'est fait fort de nous attacher cette belle cantatrice et de la soustraire aux dangers qui la menacent.

— Est-elle réellement en danger? demanda Consuelo.

— Elle y sera si elle persiste à repousser les soupirs de *M. le Marquis.*

— Quel marquis? demanda Consuelo étonnée.

— Vous êtes bien distraite, ma sœur ! Je
vous parle de Fritz ou du *grand lama.*

— Oui, du marquis de Brandebourg ! reprit la Porporina, comprenant enfin qu'il
s'agissait du roi. Mais vous êtes donc bien sûr
qu'il pense à cette petite fille ?

— Je ne dirais pas qu'il l'aime, mais il en
est jaloux. Et puis, ma sœur, il faut bien reconnaître que vous la compromettez, cette
pauvre fille, en la prenant pour votre confidente... Allons ! je ne sais rien de cela, je
n'en veux rien savoir; mais, au nom du ciel,
soyez prudente, et ne laissez pas soupçonner
à *nos amis* que vous soyez mue par un autre
sentiment que celui de la liberté politique.
Nous avons résolu d'adopter votre comtesse
de Rudolstadt. Quand elle sera initiée et liée
par des serments, des promesses et des me-

naces, vous ne risquerez plus rien avec elle. Jusque-là, je vous en conjure, abstenez-vous de la voir et de lui parler de vos affaires et des nôtres... Et pour commencer, ne restez pas dans ce bal où votre présence n'est guère convenable, et où le *grand lama* saura certainement que vous êtes venue. Donnez-moi le bras jusqu'à la sortie. Je ne puis vous reconduire plus loin. Je suis censé garder les arrêts à Postdam, et les murailles du palais ont des yeux qui perceraient un masque de fer. »

En ce moment on frappa à la porte de la loge, et comme le prince n'ouvrait pas, on insista. « Voilà un drôle bien impertinent de vouloir entrer dans une loge où se trouve une dame ! » dit le prince en montrant son masque barbu à la lucarne de la loge. Mais un domino rouge, à face blême, dont l'aspect avait quelque chose d'effrayant, lui apparut,

et lui dit avec un geste singulier : *Il pleut*.
Cette nouvelle parut faire grande impression
sur le prince. « Dois-je donc sortir ou rester? »
demanda-t-il au domino rouge.

— Vous devez chercher, répondit ce domino, une nonne toute semblable à celle-ci,
qui erre dans la cohue. Moi, je me charge de
madame, ajouta-t-il en désignant Consuelo,
et en entrant dans la loge que le prince lui
ouvrait avec empressement. Ils échangèrent
bas quelques paroles, et le prince sortit sans
adresser un mot de plus à la Porporina.

— Pourquoi, dit le domino rouge en s'asseyant dans le fond de la loge, et en s'adres-
sant à Consuelo, avez-vous pris un déguisement tout pareil à celui de la princesse? C'est
l'exposer, ainsi que vous, à des méprises fa-
tales. Je ne reconnais là ni votre prudence ni
votre dévouement.

— Si mon costume est pareil à celui d'une

autre personne , je l'ignore entièrement, répondit Consuelo, qui se tenait sur ses gardes avec ce nouvel interlocuteur.

— J'ai cru que c'était une plaisanterie de carnaval arrangée entre vous deux. Puisqu'il n'en est rien, madame la comtesse, et que le hasard seul s'en est mêlé , parlons de vous, et abandonnons la princesse à son destin.

— Mais si quelqu'un est en danger, monsieur, il ne me semble pas que le rôle de ceux qui parlent de dévouement soit de rester les bras croisés.

— La personne qui vient de vous quitter veillera sur cette auguste tête folle. Sans doute, vous n'ignorez pas que la chose l'intéresse plus que nous , car cette personne vous fait la cour *aussi?*

— Vous vous trompez, monsieur, et je ne connais pas cette personne plus que vous.

D'ailleurs, votre langage n'est ni celui d'un
ami, ni celui d'un plaisant. Permettez donc
que je retourne au bal.

— Permettez-moi de vous demander auparavant un portefeuille qu'on vous a chargée
de me remettre.

— Nullement, je ne suis chargée de rien
pour qui que ce soit.

— C'est bien ; vous devez parler ainsi. Mais
avec moi, c'est inutile : je suis le comte de
Saint-Germain.

— Je n'en sais rien.

— Quand même j'ôterais mon masque,
comme vous n'avez vu mes traits que par
une nuit obscure, vous ne me reconnaîtriez
pas. Mais voici une lettre de créance. »

Le domino rouge présenta à Consuelo une
feuille de musique accompagnée d'un signe
qu'elle ne pouvait méconnaître. Elle remit
le portefeuille, non sans trembler, et en ayant

soin d'ajouter : « Prenez acte de ce que je
vous ai dit. Je ne suis chargée d'aucun mes-
sage pour vous ; c'est moi, moi seule, qui
fais parvenir ces lettres et les traites qui y
sont jointes à la personne que vous savez.

— Ainsi, c'est vous qui êtes la maîtresse
du baron de Trenck ?

Consuelo, effrayée du mensonge pénible
qu'on exigeait d'elle, garda le silence.

— Répondez, madame, reprit le domino
rouge ; le baron ne nous cache point qu'il
reçoive des consolations et des secours d'une
personne qui l'aime. C'est donc bien vous
qui êtes l'amie du baron ?

— C'est moi, répondit Consuelo avec fermeté, et je suis aussi surprise que blessée
de vos questions. Ne puis-je être l'amie du
baron sans m'exposer aux expressions bruta-
les et aux soupçons outrageants dont il vous
plaît de vous servir avec moi?

— La situation est trop grave pour que vous deviez vous arrêter à des mots. Écoutez bien : vous me chargez d'une mission qui me compromet, et qui m'expose à des dangers personnels de plus d'un genre. Il peut y avoir sous jeu quelque trame politique, et je ne me soucie pas de m'en mêler. J'ai donné ma parole aux amis de monsieur de Trenck de le servir dans une affaire d'amour. Entendons-nous bien : je n'ai pas promis de servir *l'amitié*. Ce mot est trop vague, et me laisse des inquiétudes. Je vous sais incapable de mentir. Si vous me dites positivement que de Trenck est votre amant, et si je puis en informer Albert de Rudolstadt...

— Juste ciel! monsieur, ne me torturez pas ainsi ; Albert n'est plus !...

— Au dire des hommes, il est mort, je le sais ; mais pour vous comme pour moi il est éternellement vivant.

— Si vous l'entendez dans un sens religieux et symbolique, c'est la vérité; mais si
c'est dans un sens matériel...

— Ne discutons pas. Un voile couvre encore votre esprit, mais ce voile sera soulevé.
Ce qu'il m'importe de savoir à présent, c'est
votre position à l'égard de Trenck. S'il est
votre amant, je me charge de cet envoi d'où
sa vie dépend peut-être; car il est privé de
toutes ressources. Si vous refusez de vous
prononcer, je refuse d'être votre intermé-
diaire.

— Eh bien, dit Consuelo avec un pénible
effort, il est mon amant. Prenez le portefeuille,
et hâtez-vous de le lui faire tenir.

— Il suffit, dit M. de Saint-Germain en
prenant le portefeuille. Maintenant, noble et
courageuse fille, laisse-moi te dire que je
t'admire et te respecte. Ceci n'est qu'une
épreuve à laquelle j'ai voulu soumettre ton

dévouement et ton abnégation. Va , je sais
tout ! Je sais fort bien que tu mens par géné-
rosité , et que tu as été saintement fidèle à
ton époux. Je sais que la princesse Amélie,
tout en se servant de moi, ne daigne pas m'ac-
corder sa confiance, et qu'elle travaille à s'af-
franchir de la tyrannie du *grand lama* sans cesser de faire la princesse et la réservée. Elle est
dans son rôle, et elle ne rougit pas de t'exposer , toi , pauvre fille sans aveu (comme
disent les gens du monde), à un malheur
éternel ; oui , au plus grand des malheurs !
celui d'empêcher la brillante résurrection
de ton époux, et de plonger son existence
présente dans les limbes du doute et du désespoir. Mais heureusement, entre l'âme
d'Albert et la tienne, une chaîne de mains
invisibles est tendue incessamment pour mettre en rapport celle qui agit sur la terre à
la lumière du soleil , et celle qui travaille

dans un monde inconnu, à l'ombre du mystère, loin du regard des vulgaires humains. »

Ce langage bizarre émut Consuelo, bien
qu'elle eût résolu de se méfier des captieuses
déclamations des prétendus prophètes. « Ex-
pliquez-vous, monsieur le comte, dit-elle en
s'efforçant de garder un ton calme et froid.
Je sais bien que le rôle d'Albert n'est pas fini
sur la terre, et que son âme n'a pas été
anéantie par le souffle de la mort. Mais les
rapports qui peuvent subsister entre elle et
moi sont couverts d'un voile que ma propre
mort peut seule soulever, s'il plaît à Dieu de
nous laisser un vague souvenir de nos existences précédentes. Céci est un point mystérieux, et il n'est au pouvoir de personne
d'aider à l'influence céleste qui rapproche
dans une vie nouvelle ceux qui se sont aimés
dans une vie passée. Que prétendez-vous
donc me faire accroire, en disant que certai-

nes sympathies veillent sur moi pour opérer
ce rapprochement?

— Je pourrais vous parler de moi seulement, répondit M. de Saint-Germain, et vous
dire qu'ayant connu Albert de tout temps,
aussi bien lorsque je servais sous ses ordres
dans la guerre des Hussites contre Sigismond,
que plus tard dans la guerre de trente ans,
lorsqu'il était...

— Je sais, monsieur, que vous avez la prétention de vous rappeler toutes vos existences antérieures, comme Albert en avait la
persuasion maladive et funeste. A Dieu ne
plaise que j'aie jamais suspecté sa bonne foi
à cet égard! mais cette croyance était tellement liée chez lui à un état d'exaltation dé-
lirante, que je n'ai jamais cru à la réalité de
cette puissance exceptionnelle et peut-être
inadmissible. Epargnez-moi donc l'embarras
d'écouter les bizarreries de votre conversa-

tion sur ce chapitre. Je sais que beaucoup de gens, poussés par une curiosité frivole, voudraient être maintenant à ma place, et recueillir, avec un sourire d'encouragement et de crédulité simulée, les merveilleuses histoires qu'on dit que vous racontez si bien. Mais moi je ne sais pas jouer la comédie quand je n'y suis pas forcée, et je ne pourrais m'amuser de ce qu'on appelle vos rêveries. Elles me rappelleraient trop celles qui m'ont tant effrayée et tant affligée dans le comte de Rudolstadt. Daignez les réserver pour ceux qui peuvent les partager. Je ne voudrais pour rien au monde vous tromper en feignant d'y croire; et quand même ces rêveries ne réveilleraient en moi aucun souvenir déchirant, je ne saurais pas me moquer de vous. Veuillez donc répondre à mes questions, sans chercher à égarer mon jugement par des paroles vagues et à double sens. Pour aider

à votre franchise, je vous dirai que je sais
déjà que vous avez sur moi des vues parti-
culières et mystérieuses. Vous devez m'ini-
tier à je ne sais quelle redoutable confidence,
et des personnes d'un haut rang comptent
sur vous pour me donner les premières notions de je ne sais quelle science occulte.

— Les personnes d'un haut rang divaguent
parfois étrangement, madame la comtesse,
répondit le comte avec beaucoup de calme.
Je vous remercie de la loyauté avec laquelle
vous me parlez, et je m'abstiendrai de toucher à des choses que vous ne comprendriez
pas, faute peut-être de vouloir les comprendre. Je vous dirai seulement qu'il y a, en effet,
une science occulte dont je me pique, et dans
laquelle je suis aidé par des lumières supé-
rieures. Mais cette science n'a rien de sur-
naturel, puisque c'est purement et simplement celle du cœur humain, ou, si vous l'ai-

mez mieux, la connaissance approfondie de la vie humaine, dans ses ressorts les plus intimes et dans ses actes les plus secrets. Et pour vous prouver que je ne me vante pas, je vous dirai exactement ce qui se passe dans votre propre cœur depuis que vous êtes séparée du comte de Rudolstadt, si toutefois vous m'y autorisez.

— J'y consens, répondit Consuelo, car sur ce point je sais que vous ne pourrez m'abuser.

— Eh bien, vous aimez pour la première fois de votre vie, vous aimez complétement, véritablement : et celui que vous aimez ainsi, dans les larmes du repentir, car vous ne l'aimiez pas il y a un an, celui dont l'absence vous est amère, et dont la disparition a décoloré votre vie et désenchanté votre avenir, ce n'est pas le baron de Trenck, pour lequel vous n'avez qu'une amitié de reconnaissance et de sympathie tranquille ; ce n'est

pas Joseph Haydn, qui n'est pour vous qu'un
jeune frère en Apollon ; ce n'est pas le roi
Frédéric, qui vous effraie et vous intéresse
en même temps ; ce n'est pas même le bel
Anzoleto, que vous ne pouvez plus estimer ;
c'est celui que vous avez vu couché sur un
lit de mort et revêtu des ornements que l'orgueil des nobles familles place jusque dans
la tombe, sur le linceul des trépassés : c'est
Albert de Rudolstadt. »

Consuelo fut un instant frappée de cette
révélation de ses sentiments intimes dans la
bouche d'un homme qu'elle ne connaissait
pas. Mais en songeant qu'elle avait raconté
toute sa vie et mis à nu son propre cœur la
nuit précédente, devant la princesse Amélie,
en se rappelant tout ce que le prince Henri
venait de lui faire pressentir des relations
de la princesse avec une affiliation mystérieuse où le comte de Saint-Germain jouait

un des principaux rôles, elle cessa de s'étonner, et avoua ingénument à ce dernier qu'elle ne lui faisait pas un grand mérite de savoir des choses récemment confiées à une amie indiscrète.

« Vous voulez parler de l'abbesse de Quedlimbourg, dit M. de Saint-Germain. Eh bien, voulez-vous croire à ma parole d'honneur ?

— Je n'ai pas le droit de la révoquer en doute, répondit la Porporina.

— Je vous donne donc ma parole d'honneur, reprit le comte, que la princesse ne m'a pas dit un mot de vous, par la raison que jamais je n'ai eu l'avantage d'échanger une seule parole avec elle, non plus qu'avec sa confidente madame de Kleist.

— Cependant, monsieur, vous avez des rapports avec elle, au moins indirectement ?

— Quant à moi, tous ces rapports consistent à lui faire passer les lettres de Trenck et

à recevoir les siennes pour lui par des tiers.
Vous voyez que sa confiance en moi ne va
pas bien loin, puisqu'elle se persuade que
j'ignore l'intérêt qu'elle prend à notre fugitif.
Du reste, cette princesse n'est point perfide ;
elle n'est que folle, comme les natures ty-
ranniques le deviennent lorsqu'elles sont op-
primées. Les serviteurs de la vérité ont
beaucoup espéré d'elle, et lui ont accordé
leur protection. Fasse le ciel qu'ils n'aient
point à s'en repentir !

— Vous jugez mal une princesse intéres-
sante et malheureuse, M. le comte, et peut-
être connaissez-vous mal ses affaires. Quant
à moi, je les ignore...

— Ne mentez pas inutilement, Consuelo.
Vous avez soupé avec elle la nuit dernière,
et je puis vous dire toutes les circonstances. »
Ici le comte de Saint-Germain rapporta les
moindres détails du souper de la veille, de-

puis les discours de la princesse et de madame de Kleist jusqu'à la parure qu'elles portaient, le menu du repas, la rencontre de la
balayeuse, etc. Il ne s'arrêta pas là, et ra-
conta de même la visite que le roi avait faite
le matin à notre héroïne, les paroles échan-
gées entre eux, la canne levée sur Consuelo,
les menaces et le repentir de Frédéric, tout,
jusqu'aux moindres gestes et à l'expression
des physionomies, comme s'il eût assisté à
cette scène. Il termina en disant : « Et vous
avez eu grand tort, naïve et généreuse enfant, de vous laisser prendre à ces retours
d'amitié et de bonté que le roi sait avoir dans
l'occasion. Vous vous en repentirez. Le tigre
royal vous fera sentir ses ongles, à moins que
vous n'acceptiez une protection plus efficace
et plus honorable, une protection vraiment
paternelle et toute-puissante, qui ne se bor-
nera pas aux étroites limites du marquisat de

Brandebourg, mais qui planera sur vous sur
toute la surface de la terre, et qui vous sui-
vrait jusque dans les déserts du nouveau
monde.

— Je ne sache que Dieu, répondit Consuelo, qui puisse exercer une telle protection,
et qui veuille l'étendre jusque sur un être
aussi insignifiant que moi. Si je cours quelque danger ici, c'est en lui que je mets mon
espoir. Je me méfierais de toute autre sollicitude dont je ne connaîtrais ni les moyens
ni les motifs.

— La méfiance sied mal aux grandes âmes,
reprit le comte ; et c'est parce que madame
de Rudolstadt est une grande âme, qu'elle
a droit à la protection des véritables serviteurs de Dieu. Voilà donc le seul motif de
celle qui vous est offerte. Quant à ses moyens,
ils sont immenses, et diffèrent autant par
leur puissance et leur moralité de ceux que

possèdent les rois et les princes, que la cause de Dieu diffère, par sa sublimité, de celle des despotes et des glorieux de ce monde. Si vous n'avez d'amour et de confiance que dans la justice divine, vous êtes forcée de reconnaître son action dans les hommes de bien et d'intelligence, qui sont ici-bas les ministres de sa volonté et les exécuteurs de sa loi suprême. Redresser les torts, protéger les faibles, réprimer la tyrannie, encourager et récompenser la vertu, répandre les principes de la morale, conserver le dépôt sacré de l'honneur, telle a été de tout temps la mission d'une phalange illustre et vénérable, qui, sous divers noms et diverses formes, s'est perpétuée depuis l'origine des sociétés jusqu'à nos jours. Voyez les lois grossières et anti-humaines qui régissent les nations, voyez les préjugés et les erreurs des

hommes, voyez partout les traces mons-
trueuses de la barbarie! Comment conce-
vriez - vous que, dans un monde si mal
géré par l'ignorance des masses et la per-
fidie des gouvernements, il pût éclore quelques vertus et circuler quelques doctrines
vraies? Cela est, pourtant, et on voit des lis
sans tache, des fleurs sans souillure, des
âmes comme la vôtre, comme celle d'Albert,
croître et briller sur la fange terrestre. Mais
croyez-vous qu'elles pussent conserver leur
parfum, se préserver des morsures immondes
des reptiles, et résister aux orages, si elles
n'étaient soutenues et préservées par des
forces secourables, par des mains amies?
Croyez-vous qu'Albert, cet homme sublime,
étranger à toutes les turpitudes vulgaires,
supérieur à l'humanité jusqu'à paraître in-
sensé aux profanes, ait puisé en lui seul toute
sa grandeur et toute sa foi? Croyez-vous

qu'il fût un fait isolé dans l'univers, et qu'il ne soit jamais retrempé à un foyer de sympathie et d'espérance? Et vous-même, pensez-vous que vous seriez ce que vous êtes, si le souffle divin n'eût passé de l'esprit d'Albert dans le vôtre? Mais maintenant que vous voilà séparée de lui, jetée dans une sphère indigne de vous, exposée à tous les périls, à toutes les séductions, fille de théâtre, confidente d'une princesse amoureuse, et réputée maîtresse d'un roi usé par la débauche et glacé par l'égoïsme, espérez-vous conserver la pureté immaculée de votre candeur primitive, si les ailes mystérieuses des archanges ne s'étendent sur vous comme une égide céleste? Prenez-y garde, Consuelo! ce n'est pas en vous-même, en vous seule, du moins, que vous puiserez la force dont vous avez besoin. La prudence même dont vous vous vantez sera facilement déjouée par les ruses de l'esprit de malice qui erre dans les ténèbres, autour de votre chevet virginal. Apprenez donc à respecter la sainte milice, l'invisible armée de la foi qui déjà forme un rempart autour de vous. On ne vous demande ni engagements, ni services ; on vous ordonne seulement d'être docile et confiante quand vous sentirez les effets inattendus de l'adoption bienfaisante. Je vous en ai dit assez. C'est à vous de réfléchir mûrement à mes paroles ; et lorsque le temps viendra, lorsque vous verrez des prodiges s'accomplir autour de vous, ressouvenez-vous que tout est possible à ceux qui croient et qui travaillent en commun, à ceux qui sont égaux et libres; oui, à ceux-là, rien n'est impossible pour récompenser le mérite ; et si le vôtre s'élevait assez haut pour obtenir d'eux un prix sublime, sachez qu'ils pourraient même ressusciter Albert et vous le rendre. ›

Ayant ainsi parlé d'un ton animé par une conviction enthousiaste, le domino rouge se leva, et, sans attendre la réponse de Consuelo, il s'inclina devant elle et sortit de la loge, où elle resta quelques instants immobile et comme perdue dans d'étranges rêveries.

2

Ne songeant plus qu'à se retirer, Consuelo descendit enfin, et rencontra dans les corridors deux masques qui l'accostèrent, et dont l'un lui dit à voix basse :

« Méfie-toi du comte de Saint-Germain. »

Elle crut reconnaître la voix d'Uberti Porporino, son camarade, et le saisit par la manche de son domino en lui disant :

« Qui est le comte de Saint-Germain ? je ne le connais pas. »

Mais l'autre masque, sans chercher à déguiser sa voix, que Cousuelo reconnut aussitôt pour celle du jeune Benda, le mélancolique violoniste, lui prit l'autre main en lui disant :

« Méfie toi des aventures et des aventuriers. »

Et ils passèrent outre assez précipitamment, comme s'ils eussent voulu éviter ses questions.

Consuelo s'étonna d'être si facilement reconnue après s'être donné tant de soins pour se bien déguiser ; en conséquence, elle se hâta pour sortir. Mais elle vit bientôt qu'elle était observée et suivie par un masque qu'à sa démarche et à sa taille elle crut reconaître pour M. de Pœlnitz, le directeur des théâtres royaux et le chambellan du roi. Elle n'en douta plus lorsqu'il lui adressa la parole, quelque soin qu'il prit pour changer son organe et sa prononciation. Il lui tint des discours oiseux, auxquels elle ne répondit pas, car elle vit bien qu'il désirait la faire parler. Elle réussit à se débarrasser de lui, et traversa la salle, afin de le dérouter s'il songeait à la suivre encore. Il y avait foule, et elle eut beaucoup de peine à gagner la sortie. En ce moment, elle se retourna pour s'assurer qu'elle n'était point remarquée, et fut assez surprise de voir, dans un coin, Pœlnitz, ayant l'air de causer confidemment avec le domino rouge qu'elle supposait être le comte de Saint-Germain. Elle ignorait que Pœlnitz l'eût connu en France; et, craignant quelque trahison de la part de l'*aventurier*, elle rentra chez elle dévorée d'inquiétude, non pas

tant pour elle-même que pour la princesse,
dont elle venait de livrer le secret, malgré
elle, à un homme fort suspect.

A son réveil le lendemain, elle trouva une
couronne de roses blanches suspendue au-
dessus de sa tête, au crucifix qui lui venait de
sa mère, et dont elle ne s'était jamais séparée. Elle remarqua en même temps que la
branche de cyprès qui, depuis une certaine
soirée de triomphe à Vienne, où elle lui avait
été jetée sur le théâtre par une main inconnue, n'avait jamais cessé d'orner le crucifix,
avait disparu. Elle la chercha en vain de tous
côtés. Il semblait qu'en posant à la place
cette fraîche et riante couronne, on eût en-
levé à dessein ce lugubre trophée. Sa suivante
ne put lui dire comment ni à quelle heure
cette substitution avait été opérée. Elle prétendait n'avoir pas quitté la maison la veille,
et n'avoir ouvert à personne. Elle n'avait pas

remarqué, en préparant le lit de sa maîtresse, si la couronne y était déjà. En un mot, elle était si ingénument étonnée de cette circonstance, qu'il était difficile de suspecter sa bonne foi. Cette fille avait l'âme fort désintéressée; Consuelo en avait eu plus d'une preuve, et le seul défaut qu'elle lui connût, c'était une grande démangeaison de parler, et de prendre sa maîtresse pour confidente de toutes ses billevesées. Elle n'eût pas manqué cette occasion pour la fatiguer d'un long récit et des plus fastidieux détails, si elle eût pu lui apprendre quelque chose. Elle ne fit que se lancer dans des commentaires à perte de vue sur la mystérieuse galanterie de cette couronne; et Consuelo en fut bientôt si ennuyée, qu'elle la pria de ne pas s'en inquiéter davantage et de la laisser tranquille. Restée seule, elle examina la couronne avec le plus grand soin, Les fleurs étaient aussi fraîches

que si on les eût cueillies un instant auparavant, et aussi parfumées que si l'on n'eût
pas été en plein hiver. Consuelo soupira amèrement en songeant qu'il n'y avait guère
d'aussi belles roses dans cette saison que
dans les serres des résidences royales, et que
sa soubrette pourrait bien avoir eu raison en
attribuant cet hommage au roi. « Il ne savait
pourtant pas combien je tenais à mon cyprès,
pensa-t-elle ; pourquoi me l'aurait-il fait en-
lever ? N'importe ; quelle que soit la main qui
a commis cette profanation, maudite soit-
elle ! » Mais comme la Porporina jetait avec
chagrin cette couronne loin d'elle, elle en vit
tomber une petite bande de parchemin qu'elle
ramassa, et sur laquelle elle lut ces mots
d'une écriture inconnue :

« Toute noble action mérite une récom-
« pense, et la seule récompense digne des
« grandes âmes, c'est l'hommage des âmes

« sympathiques. Que le cyprès disparaisse
« de ton chevet, généreuse sœur, et que ces
« fleurs ceignent ta tête, ne fût-ce qu'un in-
« stant. C'est ton diadème de fiancée, c'est le
« gage de ton éternel hymen avec la vertu
« et celui de ton admission à la communion
« des croyants. »

Consuelo, stupéfaite, examina longtemps
ces caractères, où son imagination s'efforçait
en vain de saisir quelque vague ressemblan-
ce avec l'écriture du comte Albert. Malgré
la méfiance que lui inspirait l'espèce d'initiation à laquelle on semblait la convier, malgré la répulsion qu'elle éprouvait pour les
promesses de la magie, alors si répandues en
Allemagne et dans toute l'Europe philosophique , enfin malgré les avertissements que
ses amis lui avaient donnés de se tenir sur
ses gardes, les dernières paroles du domino
rouge et les expressions de ce billet anonyme

enflammaient son imagination de cette curio-
siosité riante qu'on pourrait appeler plutôt
une attente poétique. Sans trop savoir pourquoi, elle obéissait à l'injonction affectueuse
de ces amis inconnus. Elle posa la couronne
sur ses cheveux épars, et fixa ses yeux sur
une glace comme si elle se fût attendue à
voir apparaître derrière elle une ombre ché-
rie.

Elle fut tirée de sa rêverie par un coup de
sonnette sec et brusque qui la fit tressaillir,
et on vint l'avertir que M. de Buddenbrock
avait un mot à lui dire sur-le-champ. Ce
mot fut prononcé avec toute l'arrogance que
l'aide de camp du roi mettait dans ses manières et dans son langage, lorsqu'il n'était
plus sous les yeux de son maître.

« Mademoiselle, dit-il, lorsquelle l'eut rejoint dans le salon, vous allez me suivre tout

de suite chez le roi. Dépêchez-vous, le roi n'attend pas.

— Je n'irai pas chez le roi en pantoufles et en robe de chambre , répondit la Porporina.

— Je vous donne cinq minutes pour vous habiller décemment, reprit Buddenbrock en tirant sa montre , et en lui faisant signe de rentrer dans sa chambre. »

Consuelo, effrayée , mais résolue d'assumer sur sa tête tous les dangers et tous les malheurs qui pourraient menacer la princesse et le baron de Trenck, s'habilla en moins de temps qu'on lui en avait donné , et reparut devant Buddenbrock avec une tranquillité apparente. Celui-ci avait vu au roi un air irrité, en donnant l'ordre d'amener la délinquante, et l'ire royale avait passé aussitôt en lui, sans qu'il sût de quoi il s'agissait Mais en trouvant Consuelo si calme, il se rap-

pela que le roi avait un grand faible pour
cette fille : il se dit qu'elle pourrait bien sortir victorieuse de la lutte qui allait s'engager,
et lui garder rancune de [ses mauvais traitements. Il jugea à propos de redevenir humble avec elle, pensant qu'il serait toujours
temps de l'accabler lorsque sa disgrâce serait
consommée. Il lui offrit la main avec une cour-
toisie gauche et guindée, pour la faire mon-
ter dans la voiture qu'il avait amenée ; et,
prenant un air judicieux et fin : « Voilà,
mademoiselle, lui dit-il en s'asseyant vis-à-
vis d'elle, le chapeau à la main, une magnifique matinée d'hiver !

— Certainement, monsieur le baron, répondit Consuelo d'un air moqueur, le temps
est magnifique pour faire une promenade
hors des murs.

En parlant ainsi, Consuelo pensait, avec
un enjouement stoïque qu'elle pourrait bien

passer, en effet, le reste de cette magnifique
journée sur la route de quelque forteresse.
Mais Buddenbrock, qui ne concevait pas la
sérénité d'une résignation héroïque, crut
qu'elle le menaçait de le faire disgrâcier et
enfermer si elle triomphait de l'épreuve orageuse qu'elle allait affronter. Il pâlit, s'efforça
d'être agréable, n'en put venir à bout, et
resta soucieux et décontenancé, se deman-
dant avec angoisse en quoi il avait pu déplaire
à la Porporina.

Consuelo fut introduite dans un cabinet,
dont elle eut le loisir d'admirer l'ameuble-
ment couleur de rose, fané, éraillé par les
petits chiens qui s'y vautraient sans cesse,
saupoudré de tabac, en un mot très malpropre. Le roi n'y était pas encore, mais elle entendit sa voix dans la chambre voisine, et
c'était une affreuse voix lorsqu'elle était en
colère : « Je vous dis que je ferai un exemple

de ces canailles, et que je purgerai la Prusse
de cette vermine qui la ronge depuis trop
longtemps, criait-il en faisant craquer ses
bottes, comme s'il eût arpenté l'appartement avec agitation.

— Et Votre Majesté rendra un grand service à la raison et à la Prusse, répondit son
interlocuteur; mais ce n'est pas un motif
pour qu'une femme...

— Si, c'est un motif, mon cher Voltaire.
Vous ne savez donc pas que les pires in-
trigues et les plus infernales machinations
éclosent dans ces petites cervelles-là?

— Une femme, sire, une femme!..

— Eh bien, quand vous le répéterez encore une fois! Vous aimez les femmes, vous!
vous avez eu le malheur de vivre sous l'empire d'un cotillon, et vous ne savez pas qu'il
faut les traiter comme des soldats, comme

es esclaves, quand elles s'ingèrent, dans les affaires sérieuses.

— Mais Votre Majesté ne peut croire qu'il y ait rien de sérieux dans toute cette affaire? Ce sont des calmants et des douches qu'il faudrait employer avec les fabricants de miracles et adeptes du grand œuvre.

— Vous ne savez de quoi vous parlez, monsieur de Voltaire ! Si je vous disais, moi, que ce pauvre La Mettrie a été empoisonné !

—Comme le sera quiconque mangera plus que son estomac ne peut contenir et digérer. Une indigestion est un empoisonnement.

—Je vous dis, moi, que ce n'est pas sa gourmandise seulement qui l'a tué. On lui a fait manger un pâté d'aigle, en lui disant que c'était du faisan.

— L'aigle prussienne est fort meurtrière ,

je le sais; mais c'est avec la foudre, et non avec le poison, qu'elle frappe.

— Bien, bien! épargnez-vous les métaphores. Je gagerais cent contre un que c'es un empoisonnement. La Mettrie avait donné dans leurs extravagances, le pauvre diable, et il racontait à qui voulait l'entendre, moitié sérieusement, moitié en se moquant, qu'on lui avait fait voir des revenants et des démons. Ils avaient frappé de folie cet esprit si incrédule et si léger. Mais, comme il avait abandonné Trenck, après avoir été son ami, ils l'ont châtié à leur manière. A mon tour, je les châtierai, moi! et ils s'en souviendront. Quant à ceux qui veulent, à l'abri de ces supercheries infâmes, tramer des conspirations et déjouer la vigilance des lois... » Ici le roi poussa la porte, qui était restée légèrement entr'ouverte, et Consuelo n'entendit plus rien. Au bout d'un quart d'heure d'attente et d'an-

goisse, elle vit enfin paraître le terrible Frédéric, affreusement vieilli et enlaidi par la
colère. Il ferma toutes les portes avec soin,
sans la regarder et sans lui parler ; et quand
il revint vers elle, il avait dans les yeux
quelque chose de si diabolique , qu'elle crut
un instant qu'il avait dessein de l'étrangler.
Elle savait que, dans ces accès de fureur, il
retrouvait, comme malgré lui, les farouches
instincts de son père, et qu'il ne se faisait pas
faute de meurtrir les jambes de ses fonction-
naires publics à coups de botte, lorsqu'il
était mécontent de leur conduite. La Mettrie riait de ces lâches brutalités, et assurait
que cet exercice était excellent pour la goutte, dont le roi était prématurément attaqué.
Mais La Mettrie ne devait plus faire rire le
roi ni rire à ses dépens. Jeune, alerte, gras
et fleuri, il était mort deux jours auparavant, à
la suite d'un excès de table; et je ne sais quelle

sombre fantaisie suggérait au roi le soupçon
dans lequel il se complaisait, d'attribuer sa
mort tantôt à la haine des jésuites, tantôt
aux machinations des sorciers à la mode.
Frédéric lui-même était, sans se l'avouer,
sous le coup de cette vague et puérile terreur que les sciences occultes inspiraient à
toute l'Allemagne.

—Ecoutez-moi bien, vous! dit-il à Consuelo, en la foudroyant de son regard. Vous
êtes démasquée, vous êtes perdue; vous
n'avez qu'un moyen de vous sauver, c'est de
tout confesser à l'instant même, sans détour,
sans restriction. » Et comme Consuelo s'ap-
prêtait à répondre : « A genoux, malheureuse,
à genoux ! s'écria-t-il en lui montrant le
parquet : ce n'est pas debout que vous pouvez faire de pareils aveux. Vous devriez
être déjà le front dans la poussière. A ge-

noux, vous dis-je, ou je ne vous écoute
pas.

— Comme je n'ai absolument rien à vous
dire, répondit Consuelo d'un ton glacial, vous
n'avez pas à m'écouter; et quant à me mettre à genoux, c'est ce que vous n'obtiendrez
jamais de moi. »

Le roi songea pendant un instant à renverser par terre et à fouler aux pieds cette
fille insensée. Consuelo regarda involontai-
rement les mains de Frédéric qui s'étendaient
vers elle convulsivement, et il lui sembla voir
ses ongles s'alonger et sortir de ses doigts
comme ceux des chats au moment de s'élancer sur leur proie. Mais les griffes royales
rentrèrent aussitôt. Frédéric, au milieu de
ses petitesses, avait trop de grandeur dans
l'esprit, pour ne pas admirer le courage chez
les autres. Il sourit en affectant un mépris
qu'il était loin d'éprouver.

« Malheureuse enfant! dit-il d'un air de pitié, ils ont réussi à faire de toi une fanatique. Mais écoute! les moments sont précieux. Tu peux encore racheter ta vie; dans cinq minutes il sera trop tard. Je te les donne, ces cinq minutes; mets-les à profit. Décide-toi à tout révéler, ou bien prépare toi à mourir.

— J'y suis toute préparée, répondit Consuelo, indignée d'une menace qu'elle jugeait irréalisable et mise en avant pour l'effrayer.

— Taisez-vous, et faites vos réflexions, » dit le roi, en s'asseyant devant son bureau et en ouvrant un livre avec une affectation de tranquillité qui ne cachait pas entièrement une émotion pénible et profonde.

Consuelo, tout en se rappelant comme M. de Buddenbrock avait singé grotesquement le roi, en lui donnant aussi, montre en main, cinq minutes pour s'habiller, prit le parti de mettre, comme on lui prescrivait, le temps à profit pour se tracer un plan de conduite. Elle sentait que ce qu'elle devait le plus éviter, c'était l'interrogatoire habile et pénétrant dont le roi allait l'envelopper comme d'un filet. Qui pouvait se flatter de déjouer un pareil juge criminel? Elle risquait de tomber dans ses piéges, et de perdre la princesse en croyant la sauver. Elle prit donc la généreuse résolution de ne pas chercher à se justifier, de ne pas même demander de quoi on l'accusait, et d'irriter le juge par son audace, jusqu'à ce qu'il eût prononcé sans lumière et sans équité sa sentence *ab irato*. Dix minutes se passèrent sans que le roi levât les yeux de dessus son livre. Peut-être voulait-il lui donner le temps de se raviser; peut-être sa lecture avait-elle réussi à l'absorber.

« Avez-vous pris votre parti? dit-il en po-

sant enfin le livre, et en croisant ses jambes,
le coude appuyé sur la table.

— Je n'ai point de parti à prendre, répondit Consuelo. Je suis sous l'empire de l'injustice et de la violence. Il ne me reste qu'à en
subir les inconvénients.

— Est-ce moi que vous taxez de violence
et d'injustice?

— Si ce n'est vous, c'est le pouvoir absolu
que vous exercez, qui corrompt votre âme,
et qui égare votre jugement.

— Fort bien : c'est vous qui vous posez en
juge de ma conduite, et vous oubliez que
vous n'avez que peu d'instants pour vous racheter de la mort.

— Vous n'avez pas le droit de disposer de
ma vie; je ne suis pas votre sujette, et si vous
violez le droit des gens, tant pis pour vous.
Quant à moi, j'aime mieux mourir que de
vivre un jour de plus sous vos lois.

— Vous me haïssez ingénument! dit le roi,
qui semblait pénétrer le dessein de Consuelo,
et qui le faisait échouer en s'armant d'un
sang-froid méprisant. Je vois que vous avez
été à bonne école, et ce rôle de vierge spar-
tiate, que vous jouez si bien, accuse vos complices, et révèle leur conduite plus que vous
ne pensez. Mais vous connaissez mal le droit
des gens et les lois humaines. Tout souverain
a le droit de faire périr quiconque vient dans
ses États conspirer contre lui.

— Moi, je conspire? s'écria Consuelo, em-
portée par la conscience de la vérité ; et, trop
indignée pour se disculper, elle haussa les
épaules et tourna le dos comme pour s'en
aller sans trop savoir ce qu'elle faisait.

— Où allez-vous? dit le roi, frappé de son
air de candeur irrésistible.

— Je vais en prison, à l'échafaud, où bon

vous semblera, pourvu que je sois dispensée
d'entendre cette absurde accusation.

— Vous êtes fort en colère, reprit le roi
avec un rire sardonique, voulez-vous que je
vous dise pourquoi ? C'est que vous êtes venue ici avec la résolution de vous draper en
Romaine devant moi, et que vous voyez que
votre comédie me sert de divertissement.
Rien n'est mortifiant, surtout pour une actrice, comme de ne pas faire l'effet dans un
rôle. »

Consuelo, dédaignant de répondre, se croisa
les bras et regarda fixement le roi avec une
assurance qui faillit le déconcerter. Pour
échapper à la colère qui se réveillait en lui,
il fut forcé de rompre le silence et de revenir
à ses railleries accablantes, espérant toujours
qu'il irriterait l'accusée, et que pour se défendre elle perdrait sa réserve et sa méfiance.
« Oui, dit-il, comme s'il eût répondu au lan-

gage muet de cette physionomie altière, je
sais fort bien qu'on vous a fait accroire que
j'étais amoureux de vous, et que vous pensez
pouvoir me braver impunément. Tout cela
serait fort comique, si des personnes aux-
quelles je tiens un peu plus qu'à vous n'é-
taient en cause dans l'affaire. Exaltée par la
vanité de jouer une belle scène, vous devriez
pourtant savoir que les confidents subalternes
sont toujours sacrifiés par ceux qui les emploient. Aussi n'est-ce pas ceux-là que je
compte châtier : ils me tiennent de trop près
pour que je puisse les punir autrement qu'en
vous châtiant sévèrement vous-même, sous
leurs yeux. C'est à vous de voir si vous devez
subir ce malheur pour des personnes qui ont
trahi vos intérêts, et qui ont mis tout le mal
sur le compte de votre zèle indiscret et am-
bitieux.

Sire, répondit Consuelo, je ne sais pas ce

que vous voulez dire ; mais la manière dont
vous parlez des confidents et de ceux qui les
emploient me fait frémir pour vous.

— C'est-à-dire ?

— C'est-à-dire que vous me donneriez à
penser que, dans un temps où vous étiez la
première victime de la tyrannie, vous auriez
livré le major Katt à l'inquisition paternelle. »

Le roi devint pâle comme la mort. Tout le
monde sait qu'après une tentative de fuite en
Angleterre dans sa jeunesse, il avait vu tran-
cher la tête de son confident par les ordres
de son père. Enfermé dans une prison, il avait
été conduit et tenu de force devant la fenêtre,
pour voir couler le sang de son ami sur l'é-
chafaud. Cette scène horrible, dont il était
aussi innocent que possible, avait fait sur lui
une épouvantable impression. Mais il est dans
la destinée des princes de suivre l'exemple

du despotisme, même quand ils en ont le plus cruellement souffert. L'esprit de Frédéric s'était assombri dans le malhenr, et, à la suite d'une jeunesse enchaînée et doulou-reuse, il était monté sur le trône plein des principes et des préjugés de l'autorité abso-lue. Aucun reproche ne pouvait être plus san-glant que celui que feignait de lui adresser Consuelo pour lui rappeler ses anciennes in-fortunes et lui faire sentir son injustice pré-sente. Il en fut frappé jusqu'au cœur ; mais l'effet de la blessure fut aussi peu salutaire à son âme endurcie que le supplice du major Katt l'avait été jadis. Il se leva, et dit d'une voix altérée : « C'est assez, vous pouvez vous retirer. » Il sonna, et durant le peu de se-condes qui s'écoulèrent avant l'arrivée de ses gens, il rouvrit son livre, et feignit de s'y replonger. Mais un tremblement nerveux agitait sa main et faisait crier la feuille qu'il s'efforçait de retourner.

Un valet entra, le roi lui fit un signe, et Consuelo fut emmenée dans une autre pièce. Une des petites levrettes du roi qui n'avait cessé de la regarder en remuant la queue, et de gambader autour d'elle pour provoquer ses caresses, se mit en devoir de la suivre ; et le roi, qui n'avait d'entrailles paternelles que pour ces petits animaux, fut forcé de rappeler Mopsule, au moment où elle franchissait la porte sur les traces de la condamnée. Le roi avait la manie, non dénuée de raison peut-être, de croire ses chiens doués d'une espèce de divination instinctive des sentiments de ceux qui l'approchaient. Il prenait de la méfiance lorsqu'il les voyait s'obstiner à faire mauvais accueil à certaines gens, et au contraire il se persuadait qu'il pouvait compter sur les personnes que ses chiens caressaient volontiers. Malgré son agitation intérieure, la sympathie bien marquée de Mopsule pour la Porporina ne lui avait pas échappé, et lorsqu'elle revint vers lui en baissant la tête d'un air de tristesse et de regret, il frappa sur la table en se disant à lui-même et en pensant à Consuelo : Et pourtant, elle n'a pas de mauvaises intentions contre moi !

« Votre Majesté m'a fait demander? dit Buddenbrock en se présentant à une autre porte.

— Non! dit le roi, indigné de l'empressement avec lequel le courtisan venait s'abattre sur sa proie; sortez, je vous sonnerai. »

Blessé d'être traité comme un valet, Buddenbrock sortit, et pendant quelques instants que le roi passa à méditer, Consuelo fut gardée à vue dans la salle des Gobelins. Enfin,

la sonnette se fit entendre, et l'aide de camp
mortifié n'en fut pas moins prompt à s'élancer vers son maître. Le roi paraissait adouci
et communicatif. « Buddenbrock, dit-il, cette
fille est un admirable caractère! A Rome,
elle eût mérité le triomphe, le char à huit
chevaux et les couronnes de chêne! Fais at-
teler une chaise de poste, conduis-la toi-
même hors de la ville et mets-la sous bonne
escorte sur la route de Spandaw, pour y être
enfermée et soumise au régime des prisonniers d'Etat, non le plus doux, tu m'entends?

— Oui, Sire.

— Attends un peu! Tu monteras dans la
voiture avec elle pour traverser la ville, et
tu l'effrayeras par tes discours. Il sera bon de
lui donner à penser qu'elle va être livrée au
bourreau et fouettée à tous les carrefours de
la ville, comme cela se pratiquait du temps
du roi mon père. Mais, tout en lui faisant

ces contes-là, tu te souviendras que tu ne dois pas déranger un cheveu de sa tête, et tu mettras ton gant pour lui offrir la main. Va, et apprends en admirant son dévouement stoïque, comment on doit se conduire envers ceux qui vous honorent de leur confiance. Cela ne te fera point de mal. »

3

Consuelo fut reconduite chez elle dans la même voiture qui l'avait amenée au palais. Deux factionnaires furent posés devant chaque porte de son appartement, dans l'intérieur de la maison, et M. de Buddenbrock lui donna, *montre en main*, suivant son habi-

tude imitée de la rigide ponctualité du maître, une heure pour faire ses préparatifs, non
sans l'avertir que ses paquets seraient soumis à l'examen des employés de la forteresse
qu'elle allait habiter. En rentrant dans sa
chambre, elle trouva tous ses effets dans un
désordre pittoresque. Pendant sa conférence
avec le roi, des agents de la police secrète
étaient venus, par ordre, forcer toutes les
serrures et s'emparer de tous les papiers.
Consuelo qui ne possédait, en fait d'écritures,
que de la musique, éprouva quelques chagrin en pensant qu'elle ne reverrait peut-être
jamais ses précieux et chers auteurs, la seule
richesse qu'elle eût amassée dans sa vie. Elle
regretta beaucoup moins quelques bijoux,
qui lui avaient été donnés par divers grands
personnages à Vienne et à Berlin, comme
récompense de ses soirées de chant. On les
lui prenait, sous prétexte qu'ils pouvaient

contenir des bagues à poison ou des enblèmes
séditieux. Le roi n'en sut jamais rien, et
Consuelo ne les revit jamais. Les employés
aux basses œuvres de Frédéric se livraient
sans pudeur à ces honnêtes spéculations,
étant peu payés d'ailleurs, et sachant que le
roi aimait mieux fermer les yeux sur leurs
rapines que d'augmenter leurs salaires.

Le premier regard de Consuelo fut pour
son crucifix; et en voyant qu'on n'avait pas
songé à le saisir, sans doute à cause de son
peu de valeur, elle le décrocha bien vite et le
mit dans sa poche. Elle vit la couronne de
roses flétrie et gisante sur le plancher; puis,
en la ramassant pour l'examiner, elle remarqua avec effroi que la bande de parchemin
qui contenait de mystérieux encouragements
n'y était plus attachée. C'était la seule preuve
qu'on pût avoir contre elle de sa complicité
avec une prétendue conspiration : mais à

combien de commentaires pouvait donner
lieu ce faible indice ! Tout en le cherchant
avec anxiété, elle porta la main à sa poche et
l'y trouva. Elle l'y avait mis machinalement
au moment où Buddenbrock était venu la
chercher une heure auparavant.

Rassurée sur ce point, et sachant bien que
l'on ne trouverait rien dans ses papiers qui
pût compromettre qui que ce fût, elle se hâta
de rassembler les effets nécessaires à un éloignement dont elle ne se dissimulait pas la
durée possible. Elle n'avait personne pour
l'aider, car on avait arrêté sa servante pour
l'interroger ; et, au milieu de ses costumes
arrachés des armoires et jetés en désordre
sur tous les meubles, elle avait, outre le
trouble que lui causait sa situation, quelque
peine à se reconnaître. Tout à coup le bruit
d'un objet sonore, tombant au milieu de sa

chambre, attira son attention ; c'était un gros clou qui traversait un mince billet.

Le style était laconique : « Voulez-vous fuir ? Montrez-vous à la fenêtre. Dans trois minutes vous serez en sûreté.

Le premier mouvement de Consuelo fut de courir à la fenêtre. Mais elle s'arrêta à moitié chemin ; car elle pensa que sa fuite, au cas qu'elle pût l'effectuer, serait comme l'aveu de sa culpabilité, et un tel aveu, en pareil cas, fait toujours supposer des complices. O princesse Amélie ! pensa-t-elle, s'il est vrai que vous m'ayez trahie, moi, je ne vous trahirai pas ! Je paierai ma dette envers Trenck. Il m'a sauvé la vie ; s'il le faut, je la perdrai pour lui.

Ranimée par cette idée généreuse, elle acheva son paquet avec beaucoup de présence d'esprit, et se trouva prête lorsque Buddenbrock vint la prendre pour partir.

Elle lui trouva l'air encore plus hypocrite et plus méchant que de coutume. A la fois rampant et rogue, Buddenbrock était jaloux des sympathies de son maître, comme les vieux chiens qui mordent tous les amis de la maison. Il avait été blessé de la leçon que le roi lui avait donnée, tout en le chargeant de faire souffrir la victime, et il ne demandait qu'à s'en venger sur elle. « Vous me voyez tout en peine, mademoiselle, lui dit-il, d'avoir à exécuter des ordres aussi rigoureux. Il y avait bien longtemps qu'on n'avait vu à Berlin pareille chose... Non, cela ne s'était pas vu depuis le temps du roi Frédéric-Guillaume l'auguste père de Sa Majesté régnante. Ce fut un cruel exemple de la sévérité de nos lois et du pouvoir terrible de nos princes. Je m'en souviendrai toute ma vie.

— De quel exemple voulez-vous parler,

monsieur ? dit Consuelo qui commençait à croire qu'on en voulait à sa vie.

— D'aucun en particulier, reprit Budden-brock ; je voulais parler du règne de Frédéric-Guillaume qui fut, d'un bout à l'autre, un exemple de fermeté, à ne jamais l'oublier. Dans ce temps-là, on ne respectait ni âge ni sexe, quand on pensait avoir une faute grave à punir. Je me souviens d'une jeune personne fort jolie, fort bien née et fort aimable, qui, pour avoir reçu quelquefois la visite d'un auguste personnage contre le gré du roi, fut livrée au bourreau et chassée de la ville après avoir été battue de verges.

— Je sais cette histoire, monsieur, répondit Consuelo partagée entre la terreur et l'indignation. La jeune personne était sage et pure. Tout son crime fut d'avoir fait de la musique avec Sa Majesté aujourd'hui régnante, comme vous dites, et alors prince royal.

Ce même Frédéric a-t-il donc si peu souffert des catastrophes attirées par lui sur la tête des autres, qu'il veuille maintenant m'épouvanter par la menace de quelque infamie semblable?

— Je ne le pense pas, signora. Sa Majesté ne fait rien que de grand et de juste; et c'est à vous de savoir si votre innocence vous met à l'abri de sa colère. Je voudrais le croire; cependant j'ai vu tout à l'heure le roi irrité comme cela ne lui était peut-être jamais arrivé. Il s'est écrié qu'il avait tort de vouloir régner avec indulgence, et que jamais, du vivant de son père, une femme n'eût montré l'audace que vous affichiez. Enfin quelques autres paroles de Sa Majesté me font craindre pour vous quelque peine avilissante, j'ignore laquelle... Je ne veux pas le pressentir. Mon rôle, en ceci, est fort pénible; et si, à la porte de la ville, il se trouvait que le roi eût donné des ordres contraires à ceux que j'ai reçus de vous conduire immédiatement à Spandaw, je me hâterais de m'éloigner, la dignité de mes fonctions ne me permettant pas d'assister... »

M. de Buddenbrock, voyant que l'effet était produit, et que la malheureuse Consuelo était près de s'évanouir, s'arrêta. En cet instant, elle faillit se repentir de son dévouement, et ne put s'empêcher d'invoquer, dans son cœur, ses protecteurs inconnus. Mais comme elle fixait d'un œil hagard les traits de Buddenbrock, elle y trouva l'hésitation du mensonge, et commença à se rassurer. Son cœur battit pourtant à lui rompre la poitrine, lorsqu'un agent de police se présenta à la porte de Berlin pour échanger quelques mots avec M. de Buddenbrock. Pendant ce temps, un des grenadiers qui l'accompagnaient à cheval s'approcha de la portière op-

posée, et lui dit rapidement et à demi-voix :
« Soyez tranquille, signora, il y aurait bien
du sang de versé avant qu'on vous fît aucun
mal. » Dans son trouble, Consuelo ne distingua pas les traits de cet ami inconnu, qui
s'éloigna aussitôt. La voiture prit, au grand
galop, la route de la forteresse; et au bout
d'une heure, la Porporina fut incarcérée dans
le château de Spandaw avec toutes les forma-
lités d'usage, ou plutôt avec le peu de for-
malités dont un pouvoir absolu a besoin pour
procéder.

Cette citadelle, réputée alors inexpugna-
ble, est bâtie au milieu d'un étang formé par
le confluent de la Havel et de la Sprée. La
journée était devenue sombre et brumeuse,
et Consuelo, ayant accompli son sacrifice,
ressentit cet épuisement apathique qui suit
les actes d'énergie et d'enthousiasme. Elle se
laissa donc conduire dans le triste domicile

qu'on lui assignait, sans rien regarder autour d'elle. Elle se sentait épuisée; et, bien
qu'on fût à peine au milieu du jour, elle se
jeta, toute habillée, sur son lit, et s'y endor-
mit profondément. A la fatigue qu'elle
éprouvait se joignait cette sorte de sécurité
délicieuse dont une bonne conscience re-
cueille les fruits; et quoique son lit fût bien
dur et bien étroit, elle y goûta le meilleur
sommeil.

Depuis quelque temps, elle ne faisait plus
que dormir à demi, lorsqu'elle entendit sonner minuit à l'horloge de la citadelle. La
répercussion du son est si vive pour les
oreilles musicales, qu'elle en fut éveillée tout
à fait. En se soulevant sur son lit, elle comprit qu'elle était en prison, et qu'il fallait y
passer la première nuit à réfléchir, puisqu'elle
avait dormi tout le jour. La perspective d'une
pareille insomnie dans l'inaction et l'obscu-

rité n'était pas très riante ; elle se dit qu'il
fallait s'y résigner et travailler tout de suite
à s'y habituer. Elle s'étonnait de ne pas
souffrir du froid, et s'applaudissait du moins
de ne pas subir ce malaise physique qui pa-
ralyse la pensée. Le vent mugissait au dehors
d'une façon lamentable, la pluie fouettait les
vitres , et Consuelo n'apercevait, par son
étroite fenêtre, que le grillage serré se dessi-
nant sur le bleu sombre et voilé d'une nuit
sans étoiles.

La pauvre captive passa la première heure
de ce supplice tout à fait nouveau et inconnu
pour elle dans une grande lucidité d'esprit et
dans des pensées pleines de logique, de raison et de philosophie. Mais peu-à-peu cette
tension fatigua son cerveau, et la nuit commença à lui sembler lugubre. Ses réflexions
positives se changèrent en rêveries vagues
et bizarres. Des images fantastiques, des sou-

venirs pénibles, des appréhensions effrayan-
tes l'assaillirent, et elle se trouva dans un
état qui n'était ni la veille ni le sommeil, et
où toutes ses idées prenaient une forme et
semblaient flotter dans les ténèbres de sa
cellule. Tantôt elle se croyait sur le théâtre ,
et elle chantait mentalement tout un rôle
qui la fatiguait, et dont le souvenir l'obsédait,
sans qu'elle pût s'en débarrasser; tantôt elle
se voyait dans les mains du bourreau , les
épaules nues, devant une foule stupide et
curieuse, et déchirée par les verges, tandis
que le roi la regardait d'un air courroucé du
haut d'un balcon, et qu'Anzoleto riait dans
un coin. Enfin, elle tomba dans une sorte
de torpeur, et n'eut plus devant les yeux que
le spectre d'Albert couché sur son cénotaphe,
et faisant de vains efforts pour se relever et
venir à son secours. Puis cette image s'effaça,
et elle se crut endormie par terre dans la

grotte du Schreckenstein, tandis que le chant sublime et déchirant du violon d'Albert exprimait, dans le lointain de la caverne, une prière éloquente et douloureuse. Consuelo dormait effectivement à moitié, et le son de l'instrument caressait son oreille et ramenait le calme dans son âme. Les phrases en étaient si suivies, quoique affaiblies par l'éloignement, et les modulations si distinctes, qu'elle se persuadait l'entendre réellement, sans songer à s'en étonner. Il lui sembla que cette audition fantastique durait plus d'une heure, et qu'elle finissait par se perdre dans les airs en dégradations insensibles. Consuelo s'était rendormie tout de bon, et le jour commençait à poindre lorsqu'elle rouvrit les yeux.

Son premier soin fut d'examiner sa chambre qu'elle n'avait pas même regardée la veille, tant la vie morale avait absorbé en elle le sentiment de la vie physique. C'était une cellule toute nue, mais propre et bien chauffée par un poële en briques qu'on allumait à l'extérieur, et qui ne jetait aucune clarté dans l'appartement, mais qui entretenait une température très supportable. Une seule ouverture cintrée éclairait cette pièce, qui n'était cependant pas trop sombre ; les murs étaient blanchis à la chaux et peu élevés.

On frappa trois coups à la porte, et le gardien cria à travers, d'une voix forte :

« Prisonnière numéro trois, levez-vous et habillez-vous ; on entrera chez vous dans un quart-d'heure. »

Consuelo se hâta d'obéir et de refaire son lit avant le retour du gardien, qui lui apporta du pain et de l'eau pour sa journée, d'un air très respectueux. Il avait la tournure empesée d'un ancien majordome de bonne maison,

et il posa ce frugal ordinaire de la prison sur
la table, avec autant de soin et de propreté
qu'il en eût mis à servir un repas des plus
recherchés.

Consuelo examina cet homme, qui était
d'un âge avancé, et dont la physionomie
fine et douce n'avait rien de repoussant au
premier abord. On l'avait choisi pour servir
les femmes, à cause de ses mœurs, de sa
bonne tenue, et de sa discrétion à toute
épreuve. Il s'appelait Schwartz, et déclina
son nom à Consuelo.

« Je demeure au-dessous de vous, dit-il, et
si vous veniez à être malade, il suffira que
vous m'appelliez par votre fenêtre.

— N'avez-vous pas une femme ? lui demanda Consuelo.

— Sans doute, répondit-il, et si vous avez
absolument besoin d'elle, elle sera à vos ordres. Mais il lui est défendu de communiquer

avec les dames prisonnières, sauf le cas de
maladie. C'est le médecin qui en décide. J'ai
aussi un fils, qui partagera avec moi l'honneur de vous servir...

— Je n'ai pas besoin de tant de serviteurs, et si vous voulez bien le permettre,
monsieur Schwartz, je n'aurai affaire qu'à
vous ou à votre femme.

— Je sais que mon âge et ma physionomie
rassurent les dames. Mais mon fils n'est pas
plus à craindre que moi ; c'est un excellent
enfant, plein de piété, de douceur et de fermeté. »

Le gardien prononça ce dernier mot avec
une netteté expressive que la prisonnière entendit fort bien.

« Monsieur Schwartz, lui dit-elle, ce n'est
pas avec moi que vous aurez besoin de faire
usage de votre fermeté. Je suis venue ici
presque volontairement, et je n'ai aucune

intention de m'échapper. Tant que l'on me traîtera avec décence et convenance, comme on paraît disposé à le faire, je supporterai sans me plaindre le régime de la prison, quelque rigoureux qu'il puisse être. »

En parlant ainsi, Consuelo, qui n'avait rien pris depuis vingt-quatre heures, et qui avait souffert de la faim toute la nuit, se mit à rompre le pain bis et à le manger avec appétit.

Elle remarqua alors que sa résignation faisait impression sur le vieux gardien, et qu'il en était à la fois émerveillé et contrarié.

« Votre Seigneurie n'a donc pas de répugnance pour cette nourriture grossière ? lui dit-il avec un peu d'embarras.

— Je ne vous cacherai pas que, dans l'intérêt de ma santé, à la longue, j'en désirerais une plus substantielle ; mais si je dois me contenter de celle-ci, ce ne sera pas pour moi une grande contrariété.

— Vous étiez cependant habituée à bien vivre ? Vous aviez chez vous une bonne table, je suppose ?

— Eh ! mais, sans doute.

— Et alors, reprit Schwartz d'un air insinuant, pourquoi ne vous feriez-vous pas servir ici, à vos frais , un ordinaire convenable ?

—Cela est donc permis ?

— A coup sûr ! s'écria Schwartz, dont les yeux brillèrent à l'idée d'exercer son trafic, après avoir eu la crainte de trouver une personne trop pauvre ou trop sobre pour lui assurer ce profit. Si Votre Seigneurie a eu la précaution de cacher quelque argent sur elle en entrant ici... il ne m'est pas défendu de lui fournir la nourriture qu'elle aime. Ma femme fait fort bien la cui-

sine, et nous possédons une vaisselle plate
fort propre.

— C'est fort aimable de votre part, dit
Consuelo, qui découvrait la cupidité de M.
Schwartz avec plus de dégoût que de satis-
faction. Mais la question est de savoir si j'ai
de l'argent en effet. On m'a fouillée en entrant ici ; je sais qu'on m'a laissé un crucifix
auquel je tenais beaucoup, mais je n'ai pas
remarqué si on me prenait ma bourse.

— Votre Seigneurie ne l'a pas remarqué ?

— Non ; cela vous étonne ?

— Mais Votre Seigneurie sait sans doute
ce qu'il y avait dans sa bourse ?

— A peu de chose près, » Et en parlant
ainsi Consuelo faisait la revue de ses poches,
et n'y trouvait pas une obole. « M. Schwartz,
lui dit-elle avec une gaîté courageuse, on
ne m'a rien laissé, à ce que je vois. Il faudra donc que je me contente du régime des

prisonniers. Ne vous faites pas d'illusions là-
dessus.

— Eh bien, madame, reprit Schwartz,
non sans faire un visible effort sur lui-même,
je vais vous prouver que ma famille est honnête, et que vous avez affaire à des gens es-
timables. Votre bourse est dans ma poche;
la voici ! » Et il fit briller la bourse aux yeux
de la Porporina, puis il la remit tranquillement dans son gousset.

« Puisse-t-elle vous profiter ! dit Consuelo
étonnée de son impudence.

— Attendez ! reprit l'avide et méticuleux
Schwartz. C'est ma femme qui vous a fouillée. Elle a ordre de ne point laisser d'argent
aux prisonnières, de crainte qu'elles ne s'en
servent pour corrompre leurs gardiens.
Mais quand les gardiens sont incorruptibles,
la précaution est inutile. Elle n'a donc pas
jugé qu'il fût de son devoir de remettre votre

argent au gouverneur. Mais comme il y a
une consigne à la lettre de laquelle on est
obligé, en conscience, de se conformer, votre bourse ne saurait retourner directement
dans vos mains.

— Gardez-la donc ! dit Consuelo, puisque
tel est votre bon plaisir.

— Sans aucun doute, je la garderai, et
vous m'en remercierez. Je suis dépositaire de
votre argent, et je l'emploierai, pour vos
besoins comme vous l'entendrez. Je vous ap-
porterai les mets qui vous seront agréables ;
j'entretiendrai votre poêle avec soin ; je vous
fournirai même un meilleur lit et du linge à
discrétion. J'établirai mon compte chaque
jour, et je me paierai sur votre avoir jusqu'à due concurrence.

— A la bonne heure ! dit Consuelo ; je vois
qu'il est avec le ciel des accommodements ; et
j'apprécie l'honnêteté de M. Schwartz comme

je le dois. Mais quand cette somme, qui n'est pas bien considérable, sera épuisée, vous me fournirez donc les moyens de me procurer de nouveaux fonds ?

— Que Votre Seigneurie ne s'exprime pas ainsi ! ce serait manquer à mon devoir, et je ne le ferai jamais. Mais Votre Seigneurie n'en souffrira pas ; elle me désignera, soit à Berlin, soit ailleurs, la personne dépositaire de ses fonds, et je ferai passer mes comptes à cette personne pour qu'ils soient régulièrement soldés. Ma consigne ne s'oppose point à cela.

—Fort bien. Vous avez trouvé la manière de corriger cette consigne, qui est fort inconséquente, puisqu'elle vous permet de nous bien traiter, et qu'elle nous ôte cependant les moyens de vous y déterminer. Quand mes ducats d'or seront à bout, j'aviserai à vous satisfaire. Commencez donc par m'apporter du chocolat ; vous me servirez à dîner un poulet et des légumes ; dans la journée vous me procurerez des livres, et le soir vous me fournirez de la lumière.

— Pour le chocolat, Votre Seigneurie va l'avoir dans cinq minutes ; le dîner ira comme sur des roulettes ; j'y ajouterai une bonne soupe, des friandises que les dames ne dédaignent pas, et du café, qui est fort salutaire pour combattre l'air humide de cette résidence. Quant aux livres et à la lumière c'est impossible. Je serais chassé sur-le-champ, et ma conscience me défend de manquer à ma consigne.

—Mais les aliments recherchés et les friandises sont également prohibés ?

— Non. Il nous est permis de traiter les dames, et particulièrement Votre Seigneurie, avec humanité, dans tout ce qui a rapport à la santé et au bien-être.

— Mais l'ennui est également préjudiciable à la santé?

— Votre Seigneurie se trompe. En se nourrissant bien et en laissant reposer l'esprit, on engraisse toujours ici. Je pourrais vous citer telle dame qui y est entrée svelte comme vous voilà, et qui en est sortie, au bout de vingt ans, pesant au moins cent quatre-vingt livres.

— Grand merci, monsieur Schwartz. Je ne désire pas cet embonpoint formidable, et j'espère que vous ne me refuserez pas les livres et la lumière.

— J'en demande humblement pardon à Votre Seigneurie, je n'enfreindrai pas mes devoirs. D'ailleurs, Votre Seigneurie ne s'ennuiera pas; elle aura ici son clavecin et sa musique.

— En vérité! Est-ce à vous que je devrai cette consolation, monsieur Schwartz?

— Non, signora, ce sont les ordres de Sa
Majesté, et j'ai là un ordre du gouverneur
pour laisser passer et déposer dans votre
chambre lesdits objets. »

Consuelo, enchantée de pouvoir faire de la
musique, ne songea plus à rien demander.
Elle prit gaiement son chocolat, tandis que
M. Schwartz mettait en ordre son mobilier,
composé d'un pauvre lit, de deux chaises de
paille et d'une petite table de sapin. « Votre
Seigneurie aura besoin d'une commode, dit-
il de cet air caressant que prennent les gens
disposés à nous combler de soins et de douceurs pour notre argent ; et puis d'un meilleur lit, d'un tapis, d'un bureau, d'un fauteuil
d'une toilette...

— J'accepte la commode et la toilette, répondit Consuelo, qui songeait à ménager ses
ressources. Quant au reste, je vous en tiens
quitte. Je ne suis pas délicate, et je vous prie

de ne me fournir que ce que je vous demande. »

Maître Schwartz hocha la tête d'un air d'étonnement et presque de mépris ; mais il ne répliqua pas, et lorsqu'il eut rejoint sa très-digne épouse :

« Ce n'est pas méchant, lui dit-il en lui parlant de la nouvelle prisonnière, mais c'est pauvre. Nous n'aurons pas grands profits avec ça.

— Qu'est-ce que tu veux que ça dépense ? reprit madame Schwartz, en haussant les épaules. Ce n'est pas une grande dame, celle-là ! c'est une comédienne à ce qu'on dit !

— Une comédienne, s'écria Schwartz. Ah bien ! j'en suis charmé pour notre fils Gotb.

— Fi donc ! reprit madame Schwartz en fronçant le sourcil. Veux-tu en faire un saltimbanque ?

— Tu ne m'entends pas, femme. Il sera pasteur. Je n'en démordrai pas. Il a étudié pour cela, et il est du bois dont on les fait. Mais comme il faudra bien qu'il prêche, et comme il ne montre pas jusqu'ici grande éloquence, cette comédienne lui donnera des leçons de déclamation.

— L'idée n'est pas mauvaise. Pourvu qu'elle ne veuille pas rabattre le prix de ses leçons sur nos mémoires !

— Sois donc tranquille ! Elle n'a pas le moindre esprit. » répondit Schewartz en ricanant et en se frottant les mains.

4

Le clavecin arriva dans la journée. C'était
le même que Consuelo louait à Berlin à ses
frais. Elle fut fort aise de n'avoir pas à risquer avec un autre instrument une nouvelle
connaissance moins agréable et moins sûre.
De son côté, le roi, qui veillait aux moindres

détails d'affaires, s'était informé, en donnant
l'ordre d'expédier le clavecin à la prison, si
celui-là appartenait à la prima-donna ; et, en
apprenant que c'était un *locati*, il avait
fait savoir au luthier propriétaire qu'il lui en
garantissait la restitution, mais que la loca-
tion resterait aux frais de la prisonnière. Sur
quoi le luthier s'était permis d'observer qu'il
n'avait point de recours contre une personne
en prison, surtout si elle venait à y mourir.
M. de Pœlnitz, chargé de cette importante
négociation, avait répliqué en riant : « Mon
cher monsieur, vous ne voudriez pas chicaner
le roi sur une semblable vétille, et d'ailleurs
cela ne servirait à rien. Votre clavecin est
décreté de prise de corps, pour être écroué
aujourd'hui même à Spandaw. »

Les manuscrits et les partitions de la Porporina lui furent également apportés ; et,
comme elle s'étonnait de tant d'aménité dans

le régime de sa prison, le commandant major de place vint lui rendre visite pour lui
expliquer qu'elle aurait à continuer ses fonctions de première chanteuse au théâtre
royal.

« Telle est la volonté de Sa Majesté ; lui
dit-il. Toutes les fois que le semainier de l'O-
péra vous portera sur le programme pour
une représentation, une voiture escortée
vous conduira au théâtre à l'heure dite, et
vous ramènera coucher à la forteresse immédiatement après le spectacle. Ces dépla-
cements se feront avec la plus grande exactitude et avec les égards qui vous sont dûs.
J'espère, mademoiselle ; que vous ne nous
forcerez, par aucune tentative d'évasion, à
redoubler la rigueur de votre captivité. Con-
formément aux ordres du roi, vous avez été
placée dans une chambre à feu, et il vous
sera permis de vous promener sur le rem-

part que vous voyez, aussi souvent qu'il vous sera agréable. En un mot, nous sommes responsables, non-seulement de votre personne, mais de votre santé et de votre voix. La seule contrariété que vous éprouverez de notre part sera d'être tenue au secret, et de ne pouvoir communiquer avec personne, soit de l'intérieur, soit de l'extérieur. Comme nous avons ici peu de dames, et qu'un seul gardien suffit pour le corps de logis qu'elles occupent, vous n'aurez pas le désagrément d'être servie par des gens grossiers. L'honnête figure et les bonnes manières de monsieur Schwartz doivent vous tranquilliser sur ce point. Un peu d'ennui sera donc le seul mal que vous aurez à supporter, et je conçois qu'à votre âge et dans la situation brillante où vous étiez...

— Soyez tranquille, monsieur le major, répondit Consuelo avec un peu de fierté. Je

ne m'ennuie jamais quand je peux m'occuper. Je ne demande qu'une grâce; c'est d'a-
voir de quoi écrire, et de la lumière pour
pouvoir faire de la musique le soir.

— Cela est tout-à-fait impossible. Je suis
au désespoir de refuser l'unique demande
d'une personne aussi courageuse. Mais je
puis, en compensation, vous donner l'auto-
risation de chanter à toutes les heures du
jour et de la nuit, si bon vous semble. Votre
chambre est la seule habitée dans cette tour
isolée. Le logement du gardien est au dessous, il est vrai; mais M. Schwartz est trop
bien élevé pour se plaindre d'entendre une
aussi belle voix, et quant à moi, je regrette
de n'être pas à portée d'en jouir. »

Ce dialogue, auquel assistait maître
Schwartz, fut terminé par de grandes révé-
rences, et le vieil officier se retira, convaincu,
d'après la tranquillité de la cantatrice, qu'elle

était là pour quelque infraction à la disci-
pline du théâtre, et pour quelques semaines
tout au plus. Consuelo ne savait pas elle-
même si elle y était sous la prévention de
complicité dans une conspiration politique,
ou pour le seul crime d'avoir rendu service
à Frédéric de Trenck, ou enfin pour avoir
été tout simplement la confidente discrète de
la princesse Amélie.

Pendant deux ou trois jours, notre captive
éprouva plus de malaise, de tristesse et
d'ennui qu'elle ne voulait se l'avouer. La
longueur des nuits, qui était encore de qua-
torze heures dans cette saison, lui fut parti-
lièrement désagréable, tant qu'elle espéra
pouvoir s'y soustraire en obtenant de
M. Schwartz la lumière, l'encre et les plu-
mes. Mais il ne lui fallut pas beaucoup de
temps pour se convaincre que cet homme
obséquieux était doué d'une ténacité inflexi-

ble. Schwartz n'était pas méchant ; il n'avait
pas, comme la plupart des gens de son espèce, le goût de faire souffrir. Il était même
pieux et dévot à sa manière, croyant servir
Dieu et faire son salut, pourvu qu'il se con-
formât à ceux des engagements de sa profession qu'il ne pouvait point éluder. Il est
vrai que ces cas réservés étaient en petit
nombre, et portaient sur les articles où il
avait moins de chance de profit avec les
prisonniers que de chances de danger relati-
vement à sa place. « Est-elle simple, disait-
il en parlant de Consuelo à sa femme, de
s'imaginer que pour gagner tous les jours
quelques *groschen* sur une bougie, je vais
m'exposer à être chassé ! — Fais bien attention, lui répondait son épouse, qui était l'E-
gérie de ses inspirations cupides, de ne pas
lui avancer un seul dîner quand sa bourse
sera épuisée.

— Ne t'inquiète pas. Elle a des économies, elle me l'a dit, et M. Porporino, chan-
teur du théâtre, en est le dépositaire.

— Mauvaise créance! reprenait la femme. Relis donc le code de nos lois prussien-
nes; tu en verras une relative aux comédiens,
qui dégage tout débiteur de toute réclama-
tion de leur part. Prends donc garde que le
dépositaire de ladite demoiselle n'invoque la
loi, et ne retienne l'argent quand tu lui pré-
senteras tes comptes.

— Mais puisque son engagement avec le
théâtre n'est pas rompu par l'emprisonne-
ment, puisqu'elle doit continuer ses fonctions, je ferai une saisie sur la caisse du
théâtre.

— Et qui t'assure qu'elle touchera ses ap-
pointements? Le roi connaît la loi mieux que
personne, et si c'est son bon plaisir de l'invoquer...

— Tu penses à tout, femme! disait
M. Schwartz. Je serai sur mes gardes. Pas
d'argent? pas de cuisine, pas de feu, le mobilier de rigueur. La consigne à la lettre. »

C'est ainsi que le couple Schwartz devisait
sur le sort de Consuelo. Quant à elle, lorsqu'elle se fut bien assurée que l'honnête
gardien était incorruptible à l'endroit de la
bougie, elle prit son parti, et arrangea ses
journées de manière à ne point trop souffrir
de la longueur des nuits. Elle s'abstint de
chanter durant le jour, afin de se réserver
cette occupation pour le soir. Elle s'abstint
même autant que possible de penser à la
musique et d'entretenir son esprit de rémi-
niscences ou d'inspirations musicales avant
les heures de l'obscurité. Au contraire, elle
donna la matinée et la journée aux réflexions
que lui suggérait sa position, au souvenir
des évènements de sa vie, et à la recherche

rêveuse des éventualités de l'avenir. De cette manière, elle réussit, en peu de temps, à faire deux parts de sa vie, une toute philosophique, une toute musicale ; et elle reconnut qu'avec de l'exactitude et de la persévérance on peut, jusqu'à un certain point, faire fonctionner régulièrement et soumettre à la volonté ce coursier capricieux et rétif de la fantaisie, cette muse fantasque de l'imagination. En vivant sobrement, en dépit des prescriptions et des insinuations de M. Schwartz, et en faisant beaucoup d'exercice, même sans plaisir, sur le rempart, elle parvint à se sentir très calme le soir, et à employer agréablement ces heures de ténèbres que les prisonniers, en voulant forcer le sommeil pour échapper à l'ennui, remplissent de fantômes et d'agitations. Enfin, en ne donnant que six heures au sommeil, elle fut bientôt assurée de dormir paisiblement toutes les nuits, sans que jamais un excès de repos empiétât sur la tranquillité de la nuit suivante.

Au bout de huit jours, elle s'était déjà si bien faite à sa prison, qu'il lui semblait qu'elle n'eût jamais vécu autrement. Ses soirées, si redoutables d'abord, étaient devenues ses heures les plus agréables; et les ténèbres, loin de lui causer l'effroi qu'elle en attendait, lui révélèrent des trésors de conception musicale, qu'elle portait en elle depuis longtemps sans avoir pu en faire usage et les formuler, dans l'agitation de sa profession de virtuose. Lorsqu'elle sentit que l'improvisation, d'une part, et de l'autre l'exécution de mémoire, suffiraient à remplir ses soirées, elle se permit de consacrer quelques heures de la journée à noter se inspirations, et à étudier ses auteurs avec plus de soin encore qu'elle n'avait pu le faire

au milieu de mille émotions, ou sous l'œil
d'un professeur impatient et systématique.
Pour écrire la musique, elle se servit d'a-
bord d'une épingle, au moyen de laquelle
elle piquait les notes dans les interlignes,
puis de petits éclats de bois enlevés à ses
meubles, qu'elle faisait ensuite noircir contre le poêle, au moment où il était le plus
ardent. Mais comme ces procédés prenaient
du temps, et qu'elle avait une très petite
provision de papier réglé, elle reconnut qu'il
valait mieux exercer encore la robuste mémoire dont elle était douée, et y loger avec
ordre les nombreuses compositions que chaque soir faisait éclore. Elle en vint à bout,
et, en pratiquant, elle put revenir de l'une
à l'autre sans les avoir écrites et sans les
confondre.

Cependant, comme sa chambre était fort
chaude, grâce au surcroît de combustibles

que M. Schwartz ajoutait bénévolement à la
ration de l'établissement, et comme le rempart où elle se promenait était sans cesse
rasé par un vent glacial, elle ne put échapper à quelques jours d'enrouement, qui la
privèrent de la distraction d'aller chanter au
théâtre de Berlin. Le médecin de la prison,
qui avait été chargé de la voir deux fois par
semaine, et de rendre compte de l'état de sa
santé à M. de Pœlnitz, écrivit qu'elle avait
une extinction de voix, précisément le jour
où le baron se proposait, avec l'agrément du
roi, de la faire reparaître devant le public.
Sa sortie fut donc retardée, sans qu'elle en
eût le moindre chagrin ; elle ne désirait pas
respirer l'air de la liberté, avant de s'être
assez familiarisée avec sa prison pour y rentrer sans regret.

En conséquence, elle ne soigna pas son
rhume avec tout l'amour et toute la sollici-

tude qu'une cantatrice nourrit ordinairement
pour le précieux organe de son gosier. Elle
ne s'abstint pas de la promenade, et il en ré-
sulta un peu de fièvre durant plusieurs nuits.
Elle éprouva alors un petit phénomène que
tout le monde connaît. La fièvre amène
dans le cerveau de chaque individu une illusion plus ou moins pénible. Les uns s'ima-
ginent que l'angle formé par les murailles de
l'appartement se rapproche d'eux, en se ré
trécissant, jusqu'à leur presser et leur écraser la tête. Ils sentent peu-à-peu l'angle se
desserrer, s'élargir, les laisser libres, retourner sa place, pour revenir encore, se resser-
rer de nouveau et recommencer continuel-
lement la même alternative de gêne et de
soulagement. D'autres prennent leur lit pour
une vague qui les soulève, les porte jusqu'au
baldaquin, et les laisse retomber, pour se
soulever encore et les ballotter obstinément.

Le narrateur de cette véridique histoire subit la fièvre sous la forme bizarre d'une
grosse ombre noire, qu'il voit se dessiner
horizontalement sur une surface brillante au
milieu de laquelle il se trouve placé. Cette
tache d'ombre, nageant sur le sol imaginaire, est dans un continuel mouvement de
contraction et de dilatation. Elle s'élargit
jusqu'à couvrir entièrement la surface brillante, et tout aussitôt elle diminue, se res-
serre, et arrive à n'être plus qu'une ligne
déliée comme un fil, après quoi elle s'étend
de nouveau pour se développer et s'atténuer
sans cesse. Cette vision n'aurait rien de désagréable pour le rêveur, si, par une sensation maladive assez difficile à faire comprendre, il ne s'imaginait être lui-même ce reflet
obscur d'un objet inconnu flottant sans repos sur une arène embrasée par les feux
d'un soleil invisible : à tel point que lorsque

l'ombre imaginaire se contracte, il lui semble que son être s'amoindrit et s'allonge jusqu'à devenir l'ombre d'un cheveu; tandis
que lorsqu'elle se dilate, il sent sa substance
se dilater également jusqu'à figurer l'ombre
d'une montagne enveloppant une vallée. Mais
il n'y a dans le rêve ni montagne ni vallée. Il
n'y a rien que le reflet d'un corps opaque
faisant sur un reflet de soleil le même exercice que la prunelle noire du chat dans son
iris transparente, et cette hallucination, qui
n'est point accompagnée de sommeil, devient
une angoisse des plus étranges.

Nous pourrions citer une personne qui,
dans la fièvre, voit tomber le plafond à chaque instant; une autre qui se croit devenue
un globe flottant dans l'espace; une troisième
qui prend la ruelle de son lit pour un préci-
pice, et qui croit toujours tomber à gauche,
tandis qu'une quatrième se sent toujours en-

traînée à droite. Mais chaque lecteur pourrait fournir ses observations et les phénomènes de sa propre expérience ; ce qui n'avancerait point la question, et n'expliquerait pas plus que nous ne pouvons le faire, pourquoi chaque individu, durant toute sa vie, ou tout au moins durant une longue série d'années, retombe, la nuit, dans un certain rêve qui est le sien et non celui d'un autre, et subit, à chaque accès de fièvre, une certaine hallucination qui lui présente toujours les mêmes caractères et le même genre d'angoisses. Cette question est du ressort de la physiologie ; et nous pensons que le médecin y trouverait peut-être quelques indications, je ne dis pas sur le siège du mal patent, lequel se révèle par d'autres symptômes non moins évidents, mais sur celui d'un mal latent, provenant, chez le malade, du côté faible de son organisation, et qu'il est dangereux de provoquer par certains réactifs.

Mais cette question n'est pas de mon ressort, et je demande pardon au lecteur d'avoir
osé l'effleurer.

Quant à notre héroïne, l'hallucination que
lui causait la fièvre devait naturellement
présenter un caractère musical, et porter
sur ses organes auditifs. Elle retomba donc
dans le rêve qu'elle avait eu tout éveillée,
ou du moins à demi éveillée, la première
nuit qu'elle avait passée dans la prison. Elle
s'imagina entendre le son plaintif et les
phrases éloquentes du violon d'Albert, tantôt forts et distincts, comme si l'instrument
eût résonné dans sa chambre, tantôt faible,
comme s'il fût parti de l'horizon. Il y avait,
dans cette fluctuation de l'intensité des sons
imaginaires, quelque chose d'étrangement
pénible. Lorsque la vibration lui semblait se
rapprocher, Consuelo éprouvait un sentiment

de terreur ; lorsqu'elle paraissait éclater, c'était avec une vigueur qui foudroyait la malade. Puis le son faiblissait, et elle en ressentait peu de soulagement ; car la fatigue d'écouter avec une attention toujours croissante ce chant qui se perdait dans l'espace lui causait bientôt une sorte de défaillance, durant laquelle il lui semblait ne plus saisir aucun bruit. Mais le retour incessant de la rafale harmonieuse lui apportait le frisson, l'épouvante, et les bouffées d'une chaleur insupportable, comme si le vigoureux coup de l'archet fantastique eût embrasé l'air, et déchaîné l'orage autour d'elle.

5

Cependant, comme Consuelo ne s'alarma pas de son état et ne changea presque rien à son régime, elle fut promptement rétablie. Elle put reprendre ses soirées de chant, et elle retrouva le profond sommeil de ses nuits paisibles.

Un matin, c'était le douzième de sa captivité, elle reçut de M. de Pœlnitz un billet
qui lui donnait avis d'une sortie pour le lendemain soir : « J'ai obtenu du roi, disait-il,
la permission d'aller moi-même vous chercher avec une voiture de sa maison. Si vous
me donnez votre parole de ne point vous en-
voler par une des glaces, j'espère même pouvoir vous dispenser de l'escorte, et vous faire
reparaître au théâtre sans ce lugubre atti-
rail. Croyez que vous n'avez pas d'ami plus
dévoué que moi, et que je déplore la rigueur
du traitement, peut-être injuste que vous su-
bissez. »

La Porporina s'étonna un peu de l'amitié
soudaine et de l'attention délicate du baron.
Jusque là dans ses fréquents rapports d'ad-
ministration théâtrale avec la prima-donna,
M. de Pœlnitz, qui, en qualité d'ex-*roué*,
n'aimait pas les filles vertueuses, lui avait

témoigné beaucoup de froideur et de séche-
resse. Il lui avait même parlé souvent de sa
conduite régulière et de ses manières réser-
vées avec une ironie désobligeante. On savait
bien à la cour que le vieux chambellan était
le mouchard du roi; mais Consuelo n'était
pas initiée aux secrets de cour, et elle ne savait pas qu'on pût faire cet odieux métier
sans perdre les avantages d'une apparente
considération dans le grand monde. Cependant un vague instinct de répulsion disait à
Consuelo que Pœlnitz avait contribué plus que
tout autre à son malheur. Elle veilla donc à
toutes ses paroles lorsqu'elle se trouva seule
avec lui le lendemain, dans la voiture qui
les conduisait rapidement à Berlin, vers le
déclin du jour.

« Eh bien, ma pauvre recluse, lui dit-il,
vous voilà diablement matée! Sont-ils farouches ces cuistres de vétérans qui vous gar-

dent! Jamais ils n'ont voulu me permettre
d'entrer dans la citadelle, sous prétexte que
je n'avais point de permission, et voilà, sans
reproche, un quart d'heure que je gèle en
vous attendant. Allons, enveloppez-vous bien
de cette fourrure que j'ai apportée pour préserver votre voix, et contez-moi donc un peu
vos aventures. Que diable s'est-il donc passé
à la dernière redoute du carnaval? Tout le
monde se le demande, et personne ne le
sait. Plusieurs originaux qui, selon moi, ne
faisaient de mal à personne, ont disparu
comme par enchantement. Le comte de Saint-
Germain, qui est de vos amis, je crois; un
certain Trismégiste, qu'on disait caché chez
M. de Golowkin, et que vous connaissez peut-
être aussi, car on dit que vous êtes au mieux
avec tous ces enfants du diable...

— Ces personnes ont été arrêtées? demanda Consuelo.

— Ou elles ont pris la fuite : les deux ver-
sions ont cours à la ville.

— Si ces personnes ne savent pas mieux
que moi pourquoi on les persécute, elles eussent mieux fait d'attendre de pied ferme leur
justification.

— Ou la nouvelle lune qui peut changer
l'humeur du monarque ; c'est encore le plus
sûr, et je vous conseille de bien chanter ce
soir. Cela fera plus d'effet sur lui que de
belles paroles. Comment diable avez-vous
été assez maladroite, ma belle amie, pour
vous laisser envoyer à Spandaw? Jamais,
pour des vétilles pareilles à celles dont on
vous accuse, le roi n'eût prononcé une condamnation aussi discourtoise envers une
dame; il faut que vous lui ayez répondu avec
arrogance, le bonnet sur l'oreille et la main
sur la garde de votre épée, comme une petite
folle que vous êtes. Qu'aviez-vous fait de

criminel? Voyons, racontez-moi ça. Je parie
arranger vos affaires, et, si vous voulez suivre mes conseils, vous ne retournerez pas
dans cette humide souricière de Spandaw;
vous irez coucher ce soir dans votre joli appartement de Berlin. Allons, confessez-vous.
On dit que vous avez fait un souper fin dans
le palais avec la princesse Amélie, et que
vous vous êtes amusée, au beau milieu de la
nuit, à faire le revenant et à jouer du balai
dans les corridors, pour effrayer les filles
d'honneur de la reine. Il paraît que plusieurs
de ces demoiselles en ont fait fausse-couche,
et que les plus vertueuses mettront au monde des enfants marqués d'un petit balai sur
le nez. On dit aussi que vous vous êtes fait
dire votre bonne aventure par le *planétaire*
de madame de Kleist, et que M. de Saint-
Germain vous a révélé les secrets de la politique de Philippe-le-Bel. Êtes-vous assez sim-

ple pour croire que le roi veuille faire autre
chose que de rire avec sa sœur de ces folies?
Le roi est d'ailleurs, pour madame l'abbesse,
d'une faiblesse qui va jusqu'à l'enfantillage;
et quant aux devins, il veut seulement savoir s'ils prennent de l'argent pour débiter
leurs sornettes, auquel cas il les prie de quitter le pays, et tout est dit. Vous voyez bien
que vous vous abusez sur l'importance de
votre rôle, et que si vous aviez voulu répondre tranquillement à quelques questions sans
conséquence, vous n'auriez point passé un
si triste carnaval dans les prisons de l'État. »

Consuelo laissa babiller le vieux courtisan
sans l'interrompre, et lorsqu'il la pressa de
répondre, elle persista à dire qu'elle ne savait de quoi il voulait lui parler. Elle sentait
un piège sous cette frivolité bienveillante, et
elle ne s'y laissa point prendre.

Alors Pœlnitz changea de tactique, et d'un

ton sérieux : « C'est bien ! lui dit-il, vous vous
méfiez de moi. Je ne vous en veux pas, et,
au contraire, je fais grand cas de la prudence. Puisque vous êtes ainsi, mademoiselle,
je vais, moi, vous parler à découvert. Je vois
bien qu'on peut se fier à vous, et que notre
secret est en bonnes mains. Apprenez donc,
signora Porporina, que je suis votre ami plus
que vous ne pensez, car je suis un des vôtres;
je suis du parti du prince Henry.

— Le prince Henry a donc un parti? dit la
Porporina, curieuse d'apprendre dans quelle
intrigue elle se trouvait enveloppée.

— Ne faites pas semblant de l'ignorer reprit le baron. C'est un parti que l'on persécute beaucoup en ce moment, mais qui est
loin d'être désespéré. Le *grand lama*, ou, si
vous aimez mieux, *M. le marquis*, n'est pas
si solide sur son trône qu'on ne puisse le faire
dégringoler. La Prusse est un bon cheval de

bataille; mais il ne faut pas le pousser à bout.

— Ainsi, vous conspirez, monsieur le baron? Je ne m'en serais jamais douté!

— Qui ne conspire pas à l'heure qu'il est? Le tyranneau est environné de serviteurs dévoués en apparence, mais qui ont juré sa perte.

— Je vous trouve fort léger, monsieur le baron, de me faire une pareille confidence.

— Si je vous la fais, c'est parce que j'y suis autorisé par le prince et la princesse.

— De quelle princesse parlez-vous?

— De celle que vous savez. Je ne pense pas que les autres conspirent!... A moins que ce ne soit la margrave de Bareith, qui est mécontente de sa chétive position, et en colère contre le roi, depuis qu'il l'a rabrouée, au sujet de ses intelligences avec le cardinal de Fleury. C'est déjà une vieille histoire;

mais rancune de femme est de longue durée,
et la margrave *Guillemette* (1) n'est pas un
esprit ordinaire : que vous en semble ?

— Je n'ai jamais eu l'honneur de lui entendre dire un seul mot.

— Mais vous l'avez vue chez l'abbesse de
Quedlimbourg !

— Je n'ai jamais été qu'une seule fois chez
la princesse Amélie, et la seule personne de
la famille royale que j'y aie rencontrée, c'est
le roi.

— N'importe ! le prince Henry m'a donc
chargé de vous dire...

— En vérité, monsieur le baron ! dit Consuelo d'un ton méprisant ; le prince vous a
chargé de me dire quelque chose ?

— Vous allez voir que je ne plaisante pas.
Il vous fait savoir que ses affaires ne sont point
gâtées, comme on veut vous le persuader ;

(1) Sophie Wilhelmine. Elle signait *sœur Guillemette,*
en écrivant à Voltaire.

qu'aucun de ses confidents ne l'a trahi ; que Saint-Germain est déjà en France, où il travaille à former une alliance entre notre conjuration et celle qui va replacer incessamment Charles-Edouard sur le trône d'Angleterre ; que Trismégiste seul a été arrêté, mais qu'il le fera évader, et qu'il est sûr de sa discrétion. Quant à vous, il vous conjure de ne point vous laisser intimider par les menaces du *marquis*, et surtout de ne point croire à ceux qui feindraient d'être dans vos intérêts, pour vous faire parler... Voilà pourquoi, tout-à-l'heure, je vous ai soumise à une petite épreuve, dont vous êtes sortie victorieuse ; et je dirai à notre héros, à notre brave prince, à notre roi futur, que vous êtes un des plus solides champions de sa cause ! »

Consuelo, émerveillée de l'aplomb de M. de Pœlnitz, ne put réprimer un éclat de rire ; et quand le baron, piqué de son mépris, lui de-

manda le motif de cette gaieté déplacée, elle
ne put lui rien répondre, sinon : « Vous êtes
admirable, sublime, monsieur le baron ! » Et
elle recommença à rire malgré elle. Elle eut
ri sous le bâton, comme la Nicole de M. Jour-
dain.

« Quand cette attaque de nerfs sera finie,
dit Pœlnitz sans se déconcerter, vous daigne-
rez peut-être m'expliquer vos intentions.
Voudriez-vous trahir le prince? Croiriez-vous,
en effet, que la princesse vous eût livrée à la
colère du roi? Vous regarderiez-vous comme
dégagée de vos serments? Prenez garde, mademoiselle! vous vous en repentiriez peut-
être bientôt. La Silésie ne tardera pas à être
livrée par nous à Marie-Thérèse, qui n'a
point abandonné ses projets, et qui deviendra
dès lors notre puissante alliée. La Russie, la
France donneraient certainement les mains
au prince Henry, Madame de Pompadour n'a

point oublié les dédains de Frédéric. Une
puissante coalition, quelques années de lutte,
peuvent facilement précipiter du trône ce fier
souverain qui ne tient encore qu'à un fil...
Avec l'amour du nouveau monarque, vous
pourriez prétendre à une haute fortune. Le
moins qu'il puisse arriver de tout cela, c'est
que l'électeur de Saxe soit dépossédé de la
royauté polonaise, et que le prince Henry aille
régner à Varsovie... Ainsi...

— Ainsi, monsieur le baron, il existe, selon vous, une conspiration qui, pour satisfaire le prince Henry, veut mettre, encore
une fois, l'Europe à feu et à sang? Et ce
prince, pour assouvir son ambition, ne recu-
lerait pas devant la honte de livrer son pays
à l'étranger? j'ai beaucoup de peine à croire
de pareilles lâchetés possibles; et si, par malheur, vous dites vrai, je suis fort humiliée de
passer pour votre complice. Mais finissons

cette comédie, je vous en conjure. Voilà un quart d'heure que vous vous évertuez fort ingénieusement à me faire avouer des crimes imaginaires. Je vous ai écouté pour savoir de quel prétexte on se servait pour me tenir en prison; il me reste à apprendre en quoi j'ai pu mériter la haine qui s'acharne si bassement après moi. Si vous voulez me le dire, je tâcherai de me disculper. Jusque-là je ne puis rien répondre à toutes les belles choses que vous m'apprenez, sinon qu'elles me surprennent fort, et que de semblables projets n'ont aucune de mes sympathies.

— En ce cas, mademoiselle, si vous n'êtes pas plus au courant que cela, reprit Pœlnitz très mortifié, je m'étonne de la légèreté du prince, qui m'engage à vous parler sans détour, avant de s'être assuré de votre adhésion à tous ses projets.

— Je répète, monsieur le baron, que j'i-

gnore absolument les projets du prince ; mais
je suis bien certaine d'une chose : c'est qu'il
ne vous a jamais chargé de m'en dire un seul
mot. Pardonnez-moi de vous donner ce dé-
menti. Je respecte votre âge ; mais je ne puis
m'empêcher de mépriser le rôle affreux que
vous jouez auprès de moi en ce moment.

—Les soupçons absurdes d'une tête fémi-
nine ne m'atteignent guère, répondit Pœlnitz, qui ne pouvait plus reculer devant ses
mensonges. Un temps viendra où vous me
rendrez justice. Dans le trouble que cause
la persécution, et avec les idées chagrines que
la prison doit nécessairement engendrer, il
n'est pas étonnant que vous manquiez tout-
à-coup de pénétration et de clairvoyance.
Dans les conspirations, on doit s'attendre à
de pareilles lubies, surtout de la part des
dames. Je vous plains et vous pardonne. Il
est possible, d'ailleurs, que vous ne soyez en

tout ceci que l'amie dévouée de Trenck et la confidente d'une auguste princesse... Ces secrets sont d'une nature trop délicate pour que je veuille vous en parler, Le prince Henry lui-même ferme les yeux là-dessus, quoiqu'il n'ignore pas que le seul motif qui ait décidé sa sœur à entrer dans la conspiration soit l'espérance de voir Trenck réhabilité, et peut-être celle de l'épouser.

— Je ne sais rien de cela non plus, monsieur le baron, et je pense que si vous étiez sincèrement dévoué à quelque auguste princesse, vous ne me raconteriez pas de si étranges choses sur son compte. »

Le bruit des roues sur le pavé mit fin à cette conversation , au grand contentement du baron, qui ne savait plus quel expédient inventer pour se tirer d'affaire. On entrait dans la ville. La cantatrice, escortée jusqu'à la porte de sa loge et dans les coulisses par deux factionnaires qui ne la perdaient presque pas de vue, reçut de ses camarades un accueil assez froid. Elle en était aimée, mais aucun d'eux ne se sentait le courage de protester par des témoignages extérieurs contre la disgrâce prononcée par le roi. Ils étaient tristes, contraints, et comme frappés de la peur de la contagion. Consuelo, qui ne voulut pas attribuer cette manière d'être à la lâcheté, mais à la compassion, crut lire dans leur contenance abattue l'arrêt d'une longue captivité. Elle s'efforça de leur montrer qu'elle ne s'en effrayait pas, et parut sur la scène avec une confiance courageuse.

Il se passa en ce moment quelque chose d'assez bizarre dans la salle. L'arrestation de la Porporina ayant fait beaucoup de bruit, et l'auditoire n'étant composé que de personnes dévouées par conviction ou par position à la volonté royale, chacun mit ses mains dans

ses poches, afin de résister au désir et à l'ha-
bitude d'applaudir la cantatrice disgraciée.
Tout le monde avait les yeux sur le monarque, qui, de son côté, promenait des regards
investigateurs sur la foule et semblait lui im-
poser le silence le plus profond. Tout-à-coup
une couronne de fleurs, partie on ne sait
d'où, vint tomber aux pieds de la cantatrice,
et plusieurs voix prononcèrent simultanément
et assez haut pour être entendues des divers
points de la salle où elles s'étaient distri-
buées, les mots : *C'est le roi ! c'est le pardon
du roi !* Cette singulière assertion passa de
bouche en bouche avec la rapidité de l'éclair;
et chacun croyant faire son devoir et complaire à Frédéric, une tempête d'applaudis-
sements, telle que de mémoire d'homme on
n'en avait ouï à Berlin, se déchaîna depuis les
combles jusqu'au parterre. Pendant plusieurs
minutes, la Porporina, interdite et confondue

d'une si audacieuse protestation, ne put commencer son rôle. Le roi, stupéfait, se retourna vers les spectateurs avec une expression terrible, qu'on prit pour un signe d'adhésion et d'encouragement. Buddenbrock lui-même, placé non loin de lui, ayant demandé au jeune Benda de quoi il s'agissait, et celui-ci lui ayant répondu que la couronne était partie de la place du roi, se mit à battre des mains d'un air de mauvaise humeur vraiment comique. La Porporina croyait rêver; le roi se tâtait pour savoir s'il était bien éveillé.

Quels que fussent la cause et le but de ce triomphe, Consuelo en ressentit l'effet salutaire; elle se surpassa elle-même, et fut applaudie avec le même transport durant tout le premier acte. Mais pendant l'entr'acte, la méprise s'étant peu-à-peu éclaircie, il n'y eut plus qu'une partie de l'auditoire, la plus obscure et la moins à portée d'être redressée

par les confidences des courtisans, qui s'obsti-
nât à donner des signes d'approbation. Enfin,
au deuxième entr'acte, les orateurs des corridors et du foyer apprirent à tout le monde
que le roi paraissait fort mécontent de l'attitude insensée du public ; qu'une cabale avait
été montée par la Porporina avec une audace
inouïe ; enfin que quiconque serait signalé
comme ayant pris part à cette échauffourée
s'en repentirait certainement. Quand vint le
troisième acte , le silence fut si profond dans
la salle, en dépit des merveilles que fit la
prima-donna, qu'on aurait entendu voler une
mouche à la fin de chaque morceau chanté
par elle, et qu'en revanche les autres chan-
teurs recueillirent tous les fruits de la
réaction.

Quant à la Porporina, elle avait été bientôt désillusionnée de son triomphe. « Ma
pauvre amie, lui avait dit Conciolini en lui

présentant la couronne dans la coulisse après la première scène, je te plains d'avoir des amis si dangereux. Ils achèveront de te perdre. »

Dans l'entr'acte, le Porporino vint dans sa loge, et lui parlant à demi-voix : Je t'avais dit de te méfier de M. de Saint-Germain, lui dit-il ; mais il était trop tard. Chaque parti a ses traîtres. N'en sois pas moins fidèle à l'amitié et docile à la voix de ta conscience. Tu es protégée par un bras plus puissant que celui qui t'opprime.

—Que veux-tu dire? s'écria la Porporina? es-tu de ceux...

— Je dis que Dieu te protégera, répondit le Porporino, qui semblait craindre d'avoir été entendu, et il lui montra la cloison qui séparait les loges d'acteurs les unes des autres. Ces cloisons avaient dix pieds de haut ; mais elles laissaient entre leur sommité et le

plafond commun un espace assez considérable, de sorte qu'on pouvait facilement entendre d'une loge à l'autre ce qui se passait. «J'ai
prévu, lui dit-il en parlant encore plus bas
et en lui remettant une bourse, que tu aurais
besoin d'argent, et je t'en apporte.

— Je te remercie, répondit Consuelo; si le
gardien, qui me vend chèrement les vivres,
venait te réclamer quelque païement, comme
voici de quoi le satisfaire pour longtemps,
refuse de solder ses comptes. C'est un usu-
rier.

— Il suffit, répliqua le bon et loyal Porporino. Je te quitte; j'aggraverais ta position
si je paraissais avoir des secrets avec toi. »

Il s'esquiva, et Consuelo reçut la visite de
madame de Cocceï (la Barberini), qui lui té-
moigna courageusement beaucoup d'intérêt
et d'affection. La marquise d'Argens (la Co-
chois) vint les rejoindre d'un air plus empesé,

et avec les belles paroles d'une reine qui pro-
tége le malheur. Consuelo ne lui en sut pas
moins de gré de sa démarche, et la supplia
de ne pas compromettre la faveur de son
époux en prolongeant sa visite.

Le roi dit à Pœlnitz : « Eh bien, l'as-tu
interrogée? As-tu trouvé moyen de la faire
parler ?

— Pas plus qu'une borne, répondit le
baron.

— Lui as-tu fait entendre que je pardon-
nerais tout, si elle voulait seulement me dire
ce qu'elle sait de *la balayeuse*, et ce que Saint-
Germain lui a dit?

— Elle s'en soucie comme de l'an qua-
rante.

— L'as-tu effrayée sur la longueur de sa
captivité?

— Pas encore. Votre Majesté m'avait dit
de la prendre par la douceur.

— Tu l'effrayeras en la reconduisant.

— J'essaierai, mais je ne réussirai pas.

— C'est donc une sainte, une martyre?

— C'est une fanatique, une possédée, peut-être le diable en cotillons.

— En ce cas, malheur à elle! je l'abandonne. La saison de l'opéra italien finit dans quelques jours; arrange-toi pour qu'on n'ait plus besoin de cette fille jusque-là, et que je n'entende plus parler d'elle jusqu'à l'année prochaine.

— Un an! Votre Majesté n'y tiendra pas.

— Mieux que ta tête ne tient sur ton cou, Poelnitz!

6

Pœlnitz avait assez de motifs de ressentiment contre la Porporina pour saisir cette
occasion de se venger. Il n'en fit rien pourtant; son caractère était éminemment lâche,
et il n'avait la force d'être méchant qu'avec
ceux qui s'abandonnaient à lui. Pour peu

qu'on le remît à sa place, il devenait craintif,
et on eût dit qu'il éprouvait un respect in-
volontaire pour ceux qu'il ne réussissait pas
à tromper. On l'avait vu même se détacher
de ceux qui caressaient ses vices pour suivre,
l'oreille basse, ceux qui le foulaient aux
pieds. Était-ce le sentiment de sa faiblesse,
ou le souvenir d'une jeunesse moins avilie?
On aimerait à croire que, dans les âmes les
plus corrompues, quelque chose accuse encore de meilleurs instincts étouffés et de-
meurés seulement à l'état de souffrance et
de remords. Il est certain que Pœlnitz s'était
attaché longtemps aux pas du prince Henry,
en feignant de prendre part à ses chagrins;
que souvent il l'avait excité à se plaindre des
mauvais traitements du roi et lui en avait
donné l'exemple, afin d'aller ensuite rapporter ses paroles à Frédéric, même en les en-
venimant, pour augmenter la colère de ce

dernier. Pœlnitz avait fait cet infâme métier pour le plaisir de le faire ; car, au fond,
il ne haïssait pas le prince. Il ne haïssait personne, si ce n'est le roi, qui le déshonorait
de plus en plus sans vouloir l'enrichir. Pœlnitz aimait donc la ruse pour elle-même.
Tromper était un triomphe flatteur à ses
yeux. Il avait d'ailleurs un plaisir réel à dire
du mal du roi et à en faire dire ; et quand il
venait rapporter ces malédictions à Frédéric,
tout en se vantant de les avoir provoquées,
il se réjouissait intérieurement de pouvoir
jouer le même tour à son maître, en lui ca-
chant le bonheur qu'il avait goûté à le railler,
à le trahir, à révéler ses travers, ses ridicu-
les et ses vices à ses ennemis. Ainsi, chaque
partie lui servait de dupe, et cette vie d'intrigue où il fomentait la haine sans servir
précisément celle de personne avait pour lui
des voluptés secrètes.

Cependant le prince Henry avait fini par
remarquer que chaque fois qu'il laissait paraître son aigreur devant le complaisant
Pœlnitz, il trouvait, quelques heures après,
le roi plus courroucé et plus outrageant avec
lui qu'à l'ordinaire. S'était-il plaint devant
Pœlnitz d'être aux arrêts pour vingt-quatre
heures, il voyait le lendemain sa condamnation doublée. Ce prince, aussi franc que
brave, aussi confiant que Frédéric était om-
brageux, avait enfin ouvert les yeux sur le
caractère misérable du baron. Au lieu de le
ménager prudemment, il l'avait accablé de
son indignation; et depuis ce temps-là, Pœlnitz, courbé jusqu'à terre devant lui, ne l'a-
vait plus desservi. Il semblait même qu'il
l'aimât au fond du cœur, autant qu'il était
capable d'aimer. Il s'attendrissait en parlant
de lui avec admiration, et ces témoignages
de respect paraissaient si sincères qu'on s'en

étonnait comme d'une bizarrerie incompréhensible de la part d'un tel homme.

Le fait est que Pœlnitz, le trouvant plus généreux et plus tolérant mille fois que Frédéric, eût préféré l'avoir pour maître ; pressentant ou devinant vaguement, ainsi que le faisait le roi, une sorte de conjuration mystérieuse autour du prince, il eut voulu pour beaucoup en tenir les fils et savoir s'il pouvait compter assez sur le succès pour s'y associer. C'était donc avec l'intention de s'éclairer pour son propre compte qu'il avait tâché de surprendre la religion de Consuelo. Si elle lui eût révélé le peu qu'elle en savait, il ne l'eût pas rapporté au roi, à moins pourtant que ce dernier ne lui eût donné beaucoup d'argent. Mais Frédéric était trop économe pour avoir de grands scélérats à ses ordres.

Pœlnitz avait arraché quelque chose de ce

mystère au comte de Saint-Germain, Il lui avait dit, avec tant de conviction, tant de mal du roi, que cet habile aventurier ne s'était pas assez méfié de lui. Disons, en passant, que l'aventurier avait un grain d'enthousiasme et de folie; que s'il était charlatan et même jésuitique à beaucoup d'égards, il avait au fond de tout cela une conviction fanatique qui présentait de singuliers contrastes et lui faisait commettre beaucoup d'inconséquences.

En ramenant Consuelo à la forteresse, Pœlnitz, qui était un peu blasé sur le mépris qu'on avait pour lui, et qui ne se souvenait déjà plus guère de celui qu'elle lui avait témoigné, se conduisit assez naïvement avec elle. Il lui confessa, sans se faire prier, qu'il ne savait rien, et que tout ce qu'il avait dit des projets du prince, à l'égard des puissances étrangères, n'était qu'un commentaire gratuit de la conduite bizarre et des relations secrètes du prince et de sa sœur avec des gens suspects.

— Ce commentaire ne fait pas honneur à la loyauté de Votre Seigneurie, répondit Consuelo, et peut-être ne devrait-elle pas s'en vanter.

— Le commentaire n'est pas de moi, répondit tranquillement Pœlnitz; il est éclos dans la cervelle du roi notre maître, cervelle maladive et chagrine, s'il en fut, quand le soupçon s'en empare. Quant à donner des suppositions pour des certitudes, c'est une méthode tellement consacrée par l'usage des cours et par la science des diplomates, que vous êtes tout-à-fait pédante de vous en scandaliser. Au reste, ce sont les rois qui me l'ont apprise; ce sont eux qui ont fait mon éducation, et tous mes vices viennent, de père en fils, des deux monarques prussiens que j'ai eu l'honneur de

servir. Plaider le faux pour savoir le vrai !
Frédéric n'en fait jamais d'autre, et on le
tient pour un grand homme ; ce que c'est
que d'avoir la vogue ! tandis qu'on me traite
de scélérat parce que je suis ses errements ;
quel préjugé !

Pœlnitz tourmenta Consuelo, tant qu'il
put, pour savoir ce qui se passait entre elle,
le prince, l'abbesse, Trenck, les aventuriers
Saint-Germain et Trismégiste, et un grand
nombre de personnages très importants, disait-il, qui étaient mêlés à une intrigue
inexplicable. Il lui avoua naïvement que si
cette affaire avait quelque consistance, il
n'hésiterait pas à s'y jeter. Consuelo vit bien
qu'il parlait enfin à cœur ouvert ; mais comme
elle ne savait réellement rien, elle n'eut pas
de mérite à persister dans ses dénégations.

Quand Pœlnitz eut vu les portes de la citadelle se refermer sur Consuelo et sur son pré-

tendu secret, il rêva à la conduite qu'il devait tenir à son égard ; et en fin de cause, espérant qu'elle se laisserait pénétrer si, grâce à lui, elle revenait à Berlin, il résolut de la disculper auprès du roi. Mais dès le premier mot qu'il lui en dit le lendemain, le roi l'interrompit : — Qu'a-t-elle révélé? — Rien, sire. — En ce cas, laissez-moi tranquille. Je vous ai défendu de me parler d'elle. — Sire, elle ne sait rien. — Tant pis pour elle ! Qu'il ne vous arrive plus jamais de prononcer son nom devant moi. Cet arrêt fut proclamé d'un ton qui ne permettait pas de répliquer. Frédéric souffrait certainement en songeant à la Porporina. Il y avait au fond de son cœur et de sa conscience un tout petit point très douloureux qui tressaillait alors, comme lorsqu'on passe le doigt sur une mince épine enfoncée dans les chairs. Pour se soustraire à cette pénible sensation, il prit le parti d'en oublier irrévocablement la cause, et il n'eut pas de peine à y réussir. Huit jours ne s'étaient pas écoulés, que grâce à son robuste tempérament royal et à la servile soumission de tous ceux qui l'approchaient, il ne se souvenait pas que Consuelo eût jamais existé. Cependant l'infortunée était à Spandaw. La saison du théâtre était finie, et on lui avait retiré son clavecin. Le roi avait eu cette attention pour elle le soir où on l'avait applaudie à sa barbe, croyant lui complaire. Le prince Henry était aux arrêts indéfiniment. L'abbesse de Quedlimbourg était gravement malade ; le roi avait eu la cruauté de lui faire croire que Trenck avait été repris et replongé dans les cachots. Trismégiste et Saint-Germain avaient réellement disparu, et la balayeuse avait cessé de hanter le palais. Ce que son apparition présageait semblait avoir reçu une sorte de confirmation. Le

plus jeune des frères du roi était mort d'é-
puisement à la suite d'infirmités prématu-
rées.

A ces chagrins domestiques vint se joindre
la brouille définitive de Voltaire avec le roi.
Presque tous les biographes ont déclaré que,
dans cette lutte misérable, l'honneur était
demeuré à Voltaire. En examinant mieux les
pièces du procès, on s'aperçoit qu'il ne fait
honneur au caractère d'aucune des parties,
et que le rôle le moins mesquin est peut-être
même celui de Frédéric. Plus froid, plus
implacable, plus égoïste que Voltaire, Frédéric ne connaissait ni l'envie ni la haine; et
ces brûlantes petites passions ôtaient à Voltaire la fierté et la dignité dont Frédéric savait prendre au moins l'apparence. Parmi les
amères bisbilles qui amenèrent goutte à goutte
l'explosion, il y en eut une où Consuelo ne
fut pas nommée, mais qui aggrava la sen-

tence d'oubli volontaire prononcée sur elle.
D'Argens lisait un soir les gazettes parisien-
nes à Frédéric, Voltaire présent. On y rap-
portait l'aventure de mademoiselle Clairon,
interrompue au beau milieu de son rôle par
un spectateur mal placé qui lui avait crié :
« *Plus haut;* » sommée de faire des excuses
au public pour avoir répondu royalement :
« *Et vous plus bas;* » enfin envoyée à la Bastille pour avoir soutenu son rôle avec autant
d'orgueil que de fermeté. Les papiers publics ajoutaient que cette aventure ne prive-
rait pas le théâtre de mademoiselle Clairon,
parce que, durant sa séquestration, elle serait amenée de la Bastille sous escorte, pour
jouer Phèdre ou Chimène, après quoi elle
retournerait coucher en prison jusqu'à l'ex-
piration de sa peine qu'on présumait et qu'on
espérait devoir être de courte durée.

Voltaire était fort lié avec Hyppolyte Clai-

ron, qui avait puissamment contribué au succès de ses œuvres dramatiques. Il fut indigné
de cet événement, et oubliant qu'il s'en passait un analogue et plus grave encore sous
ses yeux : « Voici qui ne fait guère honneur à
la France ! s'écria-t-il en interrompant d'Argens à chaque mot : le manant ! interpeller
si bêtement et si grossièrement une actrice
comme mademoiselle Clairon ! butor de public ! lui vouloir faire faire des excuses ! à
une femme ! à une femme charmante, les
cuistres ! les Welches !... La bastille ? jour de
Dieu ! n'avez-vous pas la berlue, marquis ?
Une femme à la bastille, dans ce temps-ci ?
pour un mot plein d'esprit, de goût et d'à-
propos ? pour une repartie ravissante ? et cela
en France ?

— Sans doute, dit le roi, la Clairon jouait
Electre ou Sémiramis, et le public, qui ne

voulait pas en perdre un seul mot, devrait
trouver grâce devant M. de Voltaire. »

En un autre temps, cette réflexion du roi
eut été flatteuse ; mais elle fut prononcée avec
un ton d'ironie qui frappa le philosophe et lui
rappela tout-à-coup quelle maladresse il
venait de faire. Il avait tout l'esprit nécessaire pour la réparer : il ne le voulut point.
Le dépit du roi rallumait le sien, et il répliqua : « Non, sire, mademoiselle Clairon eût-
elle abîmé un rôle écrit par moi, je ne con-
cevrai jamais qu'il y ait au monde une police
assez brutale pour traîner la beauté, le génie
et la faiblesse dans les prisons de l'état. »

Cette réponse, jointe à cent autres, et surtout à des mots sanglants, à des railleries
cyniques, rapportés au roi par plus d'un
Pœlnitz officieux, amena la rupture que tout
le monde sait, et fournit à Voltaire les plaintes
les plus piquantes, les imprécations les plus

comiques, les reproches les plus acérés. Consuelo n'en fut que plus *oubliée* à Spandaw,
tandis qu'au bout de trois jours, mademoiselle Clairon sortait triomphante et adorée
de la Bastille. Privée de son clavecin, la
pauvre enfant s'arma de tout son courage
- pour continuer à chanter le soir et à composer de la musique. Elle en vint à bout et ne
tarda pas à s'apercevoir que sa voix et son
exquise justesse d'oreille gagnaient encore
à cet exercice aride et difficile. La crainte
de s'égarer la rendait beaucoup plus circon-
specte ; elle s'écoutait davantage, ce qui né-
cessitait un travail de mémoire et d'attention
excessif. Sa manière devenait plus large, plus
sérieuse, plus parfaite. Quant à ses compositions, elles prirent un caractère plus simple,
et elle composa dans sa prison des airs d'une
beauté remarquable et d'une tristesse gran-
diose. Elle ne tarda pourtant pas à ressentir

le préjudice que la perte du clavecin portait
à sa santé et au calme de son esprit. Éprou-
vant le besoin de s'occuper sans relâche, et
ne pouvant se reposer du travail émouvant
et orageux de la production et de l'exécution
par un travail plus tranquille de lectures et
de recherches, elle sentit la fièvre s'allumer
lentement dans ses veines, et la douleur envahir toutes ses pensées. Ce caractère actif,
heureux et plein d'affectueuse expansion,
n'était pas fait pour l'isolement et pour l'absence de sympathies. Elle eût succombé peut-
être à quelques semaines de ce cruel régime,
si la Providence ne lui eût envoyé un ami, là
où certainement elle ne s'attendait pas à le
trouver.

7

Au dessous de la cellule qu'occupait notre recluse, une grande pièce enfumée, dont la voûte épaisse et lugubre ne recevait jamais d'autre clarté que celle du feu allumé dans une vaste cheminée toujours remplie de marmites de fer, bouillant et grondant sur tous les tons, renfermait pendant toute la journée la famille Schwartz, et ses savantes opérations culinaires. Tandis que la femme combinait mathématiquement le plus grand nombre de dîners possible avec le moins de comestibles et d'ingrédients imaginables, le mari, assis devant une table noircie d'encre et d'huile, composait artistement, à la lueur d'une lampe toujours allumée dans ce sombre sanctuaire, les mémoires les plus formidables, chargés des détails les plus fabuleux. Les maigres dîners étaient pour le bon nombre de prisonniers que l'officieux gardien avait su mettre sur la liste de ses pensionnaires : les mémoires devaient être présentés à leurs banquiers ou à leurs parents, sans toutefois être soumis au contrôle des expérimentateurs de cette fastueuse alimentation. Pendant que le couple spéculateur se livrait ardemment à son travail, deux personnages plus paisibles , enfoncés sous le manteau de la cheminée , vivaient là en silence, parfaitement étrangers aux douceurs et aux profits de l'opération. Le premier était un grand chat maigre, roux, pelé, dont l'existence se consumait à lécher ses pattes et à se rouler sur la cendre. Le second était un jeune homme, ou plutôt un enfant, encore plus laid dans son espèce, dont la vie immobile et contemplative était partagée entre la lecture d'un vieux bouquin plus gras que les marmites de sa mère, et d'éternelles rêveries qui ressemblaient à la béatitude de l'idiotisme plus qu'à la méditation d'un être pensant. le chat avait été baptisé par l'enfant du nom de Belzébuth, par antithèse sans doute à celui que l'enfant avait reçu de monsieur et madame Schwartz, ses père et mère, le nom pieux et sucré de Gottlieb.

Gottlieb, destiné à l'état ecclésiastique ,

avait fait jusqu'à l'âge de quinze ans de bonnes études et de rapides progrès dans la liturgie protestante. Mais, depuis quatre ans, il vivait inerte et malade, près des tisons, sans vouloir se promener, sans désirer de voir le soleil, sans pouvoir continuer son éducation. Une crue rapide et désordonnée l'avait réduit à cet état de langueur et d'indolence. Ses longues jambes grêles pouvaient à peine supporter cette stature démesurée et quasi disloquée. Ses bras étaient si faibles et ses mains si gauches, qu'il ne touchait à rien sans le briser. Aussi sa mère avare lui en avait-elle interdit l'usage, et il n'était que trop porté à lui obéir en ce point. Sa face bouffie et imberbe, terminée par un front élevé et découvert, ne ressemblait pas mal à une poire molle. Ses traits étaient aussi peu réguliers que les proportions de son corps. Ses yeux semblaient complétement

égarés, tant ils étaient louches et divergents.
Sa bouche épaisse avait un sourire niais ; son
nez était informe, son teint blême, ses
oreilles plates et plantées beaucoup trop bas :
des cheveux rares et roides couronnaient
tristement cette insipide figure, plus semblable à un navet mal épluché qu'à la mine
d'un chrétien ; du moins telle était la poétique comparaison de madame sa mère.

Malgré les disgrâces que la nature avait
prodiguées à ce pauvre être, malgré la honte
et le chagrin que madame Schwartz éprouvait en le regardant, Gottlieb, fils unique,
malade inoffensif et résigné, n'en était pas
moins le seul amour et le seul orgueil des
auteurs de ses jours. On s'était flatté, alors
qu'il était moins laid, qu'il pourrait devenir
joli garçon. On s'était réjoui de son enfance
studieuse et de son avenir brillant. Malgré
l'état précaire où on le voyait réduit, on es-

pérait qu'il reprendrait de la force, de l'intelligence, de la beauté, lorsqu'il aurait fini
son interminable croissance. D'ailleurs, il
n'est pas besoin d'expliquer que l'amour ma-
ternel s'accommode de tout, et se contente
de peu. Madame Schwartz, tout en le brus-
quant et en le raillant, adorait son vilain
Gottlieb, et si elle ne l'eût pas vu à toute
heure planté *comme une statue de sel* (c'était
son expression) dans le coin de sa cheminée,
elle n'aurait plus eu le courage d'allonger ses
sauces ni d'enfler ses mémoires. Le père
Schwartz, qui mettait comme beaucoup
d'hommes, plus d'amour-propre que de tendresse dans son sentiment paternel, persistait
à rançonner et à voler ses prisonniers dans
l'espérance qu'un jour Gottlieb serait mi-
nistre et fameux prédicatenr, ce qui était son
idée fixe, parce que, avant sa maladie, l'enfant s'était exprimé avec facilité. Mais il y

avait bien quatre ans qu'il n'avait dit une parole de bon sens ; et s'il lui arrivait d'en coudre deux ou trois ensemble, ce n'était jamais qu'à son chat Belzébuth qu'il daignait les adresser. En somme, Gottlieb avait été déclaré idiot par les médecins, et ses parents seuls croyaient à la possibilité de sa guérison.

Un jour cependant, Gottlieb, sortant tout-à-coup de son apathie, avait manifesté à ses parents le désir d'apprendre un métier pour se désennuyer, et utiliser ses tristes années de langueur. On avait accédé à cette innocente fantaisie quoiqu'il ne fût guère de la dignité d'un futur membre de l'Église réformée de travailler de ses mains. Mais l'esprit de Gottlieb paraissait si bien déterminé à se reposer, qu'il fallut bien lui permettre d'aller étudier l'art de la chaussure dans une boutique de cordonnier. Son père eût souhaité

qu'il choisit une profession plus élégante;
mais on eut beau passer en revue devant lui
toutes les branches de l'industrie, il s'arrêta
obstinément à l'œuvre de Saint-Crépin, et
déclara même qu'il se sentait appelé par la
Providence à embrasser cette partie. Comme
ce désir devint chez lui une idée fixe, et que
la seule crainte d'en être empêché le jetait
dans une profonde mélancolie, on le laissa
passer un mois dans l'atelier d'un maître,
après quoi il revint un beau matin, muni de
tous les outils et matériaux nécessaires, et se
réinstalla sous le manteau de sa chère cheminée, déclarant qu'il en savait assez, et
qu'il n'avait plus besoin de leçons. Cela n'était
guère vraisemblable; mais ses parents, espérant que cette tentative l'avait dégoûté, et
qu'il allait peut-être se remettre à l'étude de
la théologie, acceptèrent son retour sans reproche et sans raillerie. Alors commença

dans la vie de Gottlieb une ère nouvelle, qui fut entièrement remplie et charmée par la confection imaginaire d'une paire de souliers. Trois ou quatre heures par jour, il prenait sa forme et son alêne, et travaillait à une chaussure qui ne chaussa jamais personne ; car elle ne fut jamais terminée. Tous les jours recoupée, tendue, battue, piquée, elle prit toutes les figures possibles, excepté celle d'un soulier, ce qui n'empêcha pas le paisible artisan de poursuivre son œuvre avec un plaisir, une attention, une lenteur, une patience et un contentement de lui-même, au-dessus des atteintes de toute critique. Les Schwartz s'effrayèrent un peu d'abord de cette monomanie ; puis ils s'y habituèrent comme au reste, et le soulier interminable, alternant dans les mains de Gottlieb avec son volume de sermons et de prières, ne fut plus compté dans sa vie que pour une infirmité de plus.

On n'exigea de lui autre chose que d'accom-
pagner de temps en temps son père dans les
galeries et les cours, afin de prendre l'air.
Mais ces promenades chagrinaient beaucoup
M. Schwartz, parce que les enfants des autres
gardiens et employés de la citadelle ne ces-
saient de courir après Gottlieb, en contrefaisant sa démarche nonchalente et disgra-
cieuse, et en criant sur tous les tons: « Des
souliers ! des souliers ! cordonnier, fais-nous
des souliers ! » Gottlieb ne prenait point ces
huées en mauvaise part ; il souriait à cette
méchante engeance avec une sérénité angélique ; et même il s'arrêtait pour répondre :
« Des souliers ? certainement, de tout mon
cœur : venez chez moi, vous faire prendre
mesure. Qui veut des souliers ? » Mais
M. Schwartz l'entraînait pour l'empêcher de
se compromettre avec la canaille, et le *cordonnier* ne paraissait ni fâché ni inquiet d'être

ainsi arraché à l'empressement de ses pratiques.

Dès les premiers jours de sa captivité,
Consuelo avait été humblement requise par
M. Schwartz, d'entrer en conférence avec
Gottlieb pour essayer de réveiller en lui le
souvenir et le goût de cette éloquence dont
il avait paru être doué dans son enfance.
Tout en avouant l'état maladif et l'apathie de
son héritier, M. Schwartz, fidèle à la loi de
nature si bien exprimée par la Fontaine :

> « Nos petits sont mignons
> Beaux, bien faits, et jolis sur tous leurs compagnons, »

n'avait pas décrit très-fidèlement les agré-
ments du pauvre Gottlieb, sans quoi Consuelo n'eût peut-être pas refusé, comme elle le
fit, de recevoir dans sa cellule un jeune
homme de dix-neuf ans, qu'on lui dépeignait
ainsi qu'il suit : « Un grand gaillard de cinq

pieds huit pouces, qui eût fait venir l'eau à la bouche de tous les recruteurs du pays, si malheureusement pour sa santé, et heureusement pour son indépendance, un peu de faiblesse dans les bras et dans les jambes ne l'eût rendu impropre au métier des armes. » La captive pensa que la société d'un *enfant* de cet âge et de cette taille, était peu convenable dans sa situation, et elle refusa net de le recevoir ; désobligeance que la mère Schwartz lui fit expier en ajoutant une pinte d'eau chaque jour à son bouillon.

Pour se promener sur l'esplanade où on lui avait permis d'aller prendre l'air tous les jours, Consuelo était forcée de descendre dans la résidence nauséabonde de la famille Schwartz et de la traverser, le tout avec la permission et l'escorte de son gardien, qui, du reste, ne se faisait pas prier, l'article *complai-*

sance infatigable (dans tout ce qui tient aux services autorisés par la consigne) étant porté
en compte et coté à un prix fort élevé. Il arriva donc qu'en traversant cette cuisine dont
une porte s'ouvrait sur l'esplanade, Consuelo
finit par apercevoir et remarquer Gottlieb.
Cette figure d'enfant avorté sur le corps d'un
géant mal bâti la frappa de dégoût d'abord,
et ensuite de pitié. Elle lui adressa la parole,
l'interrogea avec bonté, et s'efforça de le
faire causer. Mais elle trouva son esprit pa-
ralysé soit par la maladie, soit par une exces-
sive timidité ; car il ne la suivait sur le rempart que poussé de force par ses parents, et
ne répondait à ses questions que par mono-
syllabes. Elle craignit donc, en s'occupant de
lui, d'aggraver l'ennui qu'elle lui supposait, et s'abstint de lui parler, et même de le
regarder, après avoir déclaré à son père

qu'elle ne lui trouvait pas la moindre disposition pour l'art oratoire.

Consuelo avait été de nouveau fouillée par madame Schwartz, le soir où elle avait revu son camarade Porporino et le public de Berlin pour la dernière fois. Mais elle avait réussi à tromper la vigilance du cerbère femelle. L'heure était avancée, la cuisine était sombre, et madame Schwartz de mauvaise humeur d'être réveillée dans son premier sommeil. Tandis que Gottlieb dormait dans une chambre, ou plutôt dans une niche donnant sur l'atelier culinaire, et que M. Schwartz montait pour ouvrir d'avance la double porte de fer de la cellule, Consuelo s'était approchée du feu qui dormait sous la cendre, et, tout en feignant de caresser Belzébuth, elle avait cherché un moyen de sauver ses ressources des griffes de la *fouilleuse*, afin de n'être plus à sa discrétion absolue. Pendant que ma-

dame Schwartz rallumait sa lampe et mettait ses lunettes , Consuelo avait remarqué,
au fond de la cheminée, à la place où Gottlieb
se tenait habituellement , un enfoncement
dans la muraille, à la hauteur de son bras,
et, dans cette case mystérieuse, le livre des
sermons et le soulier éternel du pauvre idiot.
C'était là sa bibliothèque et son atelier. Ce trou
noirci par la suie et la fumée contenait toutes les richesses, toutes les délices de Gottlieb. D'un mouvement prompt et adroit,
Consuelo y posa sa bourse, et se laissa ensuite examiner patiemment par la vieille par-
que, qui l'importuna longtemps en passant
ses doigts huileux et crochus sur tous les plis
de son vêtement, surprise et courroucée de
n'y rien trouver. Le sang-froid de Consuelo
qui, après tout, ne mettait pas beaucoup d'importance à réussir dans sa petite entreprise,
finit par persuader à la geôlière qu'elle n'a-

vait rien ; et elle pût, dès que l'examen fût fini, reprendre lestement sa bourse et la garder dans sa main sous sa pelisse jusque chez elle. Là elle s'occupa de la cacher , sachant bien que, pendant sa promenade , on venait chaque jour examiner sa cellule avec soin. Elle ne trouva rien de mieux que de porter toujours sa petite fortune sur elle, cousue dans une ceinture , madame Schwartz n'ayant pas le droit de la fouiller, hors le cas de sortie.

Cependant la première somme que madame Schwartz avait saisie sur sa prisonnière le jour de son arrivée était déjà épuisée depuis longtemps, grâce à la rédaction ingénieuse des mémoires de M. Schwartz. Lorsqu'il eut fait de nouveaux frais assez maigres, et un nouveau mémoire assez rond, selon sa prudente et lucrative coutume, trop timoré pour parler d'affaires et pour deman-

der de l'argent à une personne condamnée à
n'en point avoir, mais bien renseigné par
elle, dès le premier jour, sur les économies
qu'elle avait confiées au Porporino, ledit
Schwartz s'était rendu, sans lui rien dire, à
Berlin, et avait présenté sa note à ce fidèle
dépositaire. Le Porporino, averti par Consuelo, avait refusé de solder la note avant
qu'elle fût approuvée par la consommatrice,
et avait renvoyé le créancier à son amie, qu'il
savait munie par lui d'une nouvelle somme.

Schwartz rentra pâle et désespéré, criant
à la banqueroute, et se regardant comme
volé, bien que les cent premiers ducats saisis
sur la prisonnière eussent payé le quadruple
de toute la dépense qu'elle avait faite depuis
deux mois. Madame Schwartz supporta ce
prétendu dommage avec la philosophie d'une
tête plus forte et d'un esprit plus persé-
vérant.

« Sans doute nous sommes pillés comme
dans un bois, dit-elle ; mais est-ce que tu as
jamais compté sur cette prisonnière pour gagner ta pauvre vie ? Je t'avais averti de ce
qui t'arrive. Une comédienne ! cela n'a pas
d'économie. Un comédien pour mandataire?
cela n'a pas d'honneur. Allons , nous avons
fait une perte de deux cents ducats. Mais
nous nous rattraperons sur les autres pratiques qui sont bonnes. Cela t'apprendra seulement à ne pas offrir inconsidérément tes
services aux premiers venus. Je ne suis pas
fâchée, Schwartz, que tu reçoives cette petite leçon. Maintenant je vais me donner le
plaisir de mettre au pain sec, et même au pain
moisi, cette péronnelle , qui n'a pas même
l'attention de mettre un frédéric d'or dans sa
poche en rentrant, pour payer la peine de la
fouilleuse, et qui a l'air de regarder Gottlieb
comme un imbécille sans ressources , parce

qu'il ne lui fait pas la cour. *Espèce, va !...»*

En grommelant ainsi , et en haussant les épaules, madame Schwartz reprit le cours de ses occupations, et, se trouvant sous la cheminée auprès de Gottlieb, elle lui dit, tout en écumant ses pots : « Qu'est-ce que tu dis de cela , toi, petit futé ? »

Elle parlait ainsi pour parler, car elle savait bien que Gottlieb entendait tout de la même oreille que son chat Belzébuth. « Mon soulier avance, mère ! répondit Gottlieb avec un sourire égaré. Je vais bientôt en recommencer une nouvelle paire !

— Oui ! dit la vieille en hochant la tête d'un air de pitié. Comme cela tu en fais une paire tous les jours? Continue mon garçon... cela te fera un beau revenu !.. Mon Dieu, mon Dieu !..» ajouta-t-elle en recouvrant ses marmites , et d'un ton de plainte résignée , comme si l'indulgence maternelle eût donné des entrailles pieuses à ce cœur pétrifié à tous égards.

Ce jour-là, Consuelo, ne voyant point paraître son dîner, se douta de ce qui était arrivé, bien qu'elle eût peine à croire que cent ducats eussent été absorbés en si peu de temps et par un si chétif ordinaire. Elle s'était tracé d'avance un plan de conduite à l'égard des Schwartz. N'ayant pas encore reçu une obole du roi de Prusse, et craignant fort de rester sur les promesses du passé pour tout salaire (Voltaire s'en allait payé de la même monnaie), elle savait bien que le peu d'argent qu'elle avait gagné en charmant les oreilles de quelques personnages moins avares, mais moins riches, ne la mènerait pas loin, pour peu que sa captivité se prolongeât, et que M. Schwartz ne modifiât pas ses prétentions. Elle voulait le forcer à en rabattre, et, pendant deux ou trois jours, elle se contenta du pain et de l'eau qu'il lui apportait, sans faire mine de s'apercevoir de ce changement dans son régime. Le poêle commençait à être aussi négligé que les autres soins, et Consuelo souffrit le froid sans se plaindre. Heureusement il n'était plus d'une rigueur insupportable; on était au mois d'avril, saison moins printanière en Prusse que chez nous, mais où la température commençait pourtant à s'adoucir.

Avant d'entrer en pourparler avec son tyran cupide, elle songeait à mettre ses fonds en sûreté; car elle ne pouvait pas trop se flatter de n'être pas soumise à un examen arbitraire et à une saisie nouvelle aussitôt qu'elle avouerait ses ressources. La nécessité rend clairvoyant quand elle ne peut nous rendre ingénieux. Consuelo n'avait aucun outil avec lequel elle pût creuser le bois, ou soulever la pierre. Mais le lendemain, en

examinant, avec la minutieuse patience dont
les prisonniers sont seuls capables, tous les
recoins de sa cellule, elle finit par découvrir
une brique qui ne paraissait pas être aussi
bien jointe au mur que les autres. A force
d'en gratter les contours avec ses ongles,
elle enleva l'enduit, et remarqua qu'il n'était
pas formé de ciment, comme dans les autres
endroits, mais d'une matière friable qu'elle
présuma être de la mie de pain desséchée.
Elle réussit à détacher la brique, et trouva,
derrière, un petit espace, ménagé certainement par quelque prisonnier, entre cette
pièce mobile et les briques adhérentes qui
formaient l'épaisseur de la muraille. Elle
n'en douta plus, lorsqu'en fouillant cette cachette, ses doigts y rencontrèrent plusieurs
objets, véritables trésors pour un prisonnier :
un paquet de crayons, un canif, une pierre à
fusil, de l'amadou et plusieurs rouleaux de

cette mince bougie tortillée qu'on appelle chez nous *rat de cave*. Ces objets n'étaient nullement altérés, le mur étant fort sec; et d'ailleurs ils pouvaient avoir été laissés là peu de jours avant sa prise de possession de la cellule. Elle y joignit sa bourse, son petit crucifix de filigrane, que plusieurs fois monsieur Schwartz avait regardé avec convoitise, en disant que ce *joujou* serait bien du goût de Gottlieb. Puis elle replaça la brique et la cimenta avec la mie de pain de son déjeuner, qu'elle noircit un peu en la frottant sur le plancher, pour lui donner la même couleur que le reste de l'enduit. Tranquille pour quelque temps sur ses moyens d'existence et sur l'emploi de ses soirées, elle attendit de pied ferme la visite domiciliaire des Schwartz, et se sentit aussi fière et aussi joyeuse que si elle eût découvert un nouveau monde.

Cependant Schwartz se lassa bientôt de ne

pas trouver matière à spéculer. Dût-il faire,
comme il disait, de petites affaires, mieux
valait peu que rien, et il rompit le premier
le silence pour demander à sa *prisonnière*
n° 3 si elle n'avait rien désormais à lui
commander. Alors Consuelo se décida à lui
déclarer, non qu'elle avait de l'argent, mais
qu'elle en recevait régulièrement toutes les
semaines par une voie qu'il serait impossible
de découvrir.

« Si pourtant cela vous arrivait, dit-elle, le
résultat serait de m'empêcher de faire aucune dépense, et c'est à vous de voir si vous
préférez la rigueur de votre consigne à d'honnêtes bénéfices. »

Après avoir beaucoup bataillé et avoir exa-
miné sans succès, pendant quelques jours,
les vêtements, la paillasse, le plancher, les
meubles, Schwartz commença à penser que
Consuelo recevait de quelque fonctionnaire

supérieur de la prison même les moyens de
correspondre avec l'extérieur. La corruption
était partout dans la hiérarchie guichetière,
et les subalternes trouvaient leur profit à ne
pas contrôler leurs confrères plus puissants.
« Prenons ce que Dieu nous envoie! » dit
Schwartz en soupirant; et il se résigna à
compter toutes les semaines avec la Porporina. Elle ne le contraria point sur l'emploi
des premiers fonds; mais elle régla l'avenir
de manière à ne payer chaque objet que le
double de sa valeur, procédé qui parut bien
mesquin à madame Schwartz, mais qui ne
l'empêcha pas de recevoir son salaire et de
le gagner tant bien que mal.

8

Pour quiconque s'est attaché à la lecture des histoires de prisonniers, la simplicité de cette cachette échappant toutefois à l'avide examen des gardiens intéressés à la découvrir ne paraîtra point un fait miraculeux. Le petit secret de Consuelo ne fut pas découvert,

et lorsqu'elle regarda ses trésors en rentrant
de la promenade, elle les retrouva intacts.
Son premier soin fut de placer son matelas
devant la fenêtre dès que la nuit fut venue,
d'allumer sa petite bougie, et de se mettre à
écrire. Nous la laisserons parler elle-même;
car nous sommes possesseur de ce manuscrit, qui est demeuré longtemps après sa
mort dans les mains du chanoine ***. Nous le
traduisons de l'italien.

JOURNAL DE CONSUELO,

DITE PORPORINA,

prisonnière à Spandaw, avril **175***.

Le 2. — « Je n'ai jamais écrit que de la musique, et quoique je puisse parler facilement
plusieurs langues, j'ignore si je saurai m'exprimer d'un style correct dans aucune. Il ne
m'a jamais semblé que je dusse peindre ce

qui occuperait mon cœur et ma vie dans une
autre langue que celle de l'art divin que je
professe. Des mots, des phrases, cela me paraissait si froid au prix de ce que je pouvais
exprimer avec le chant! Je compterais les
lettres, où plutôt les billets que j'ai tracés à
la hâte, et sans savoir comment, dans les
trois ou quatre circonstances les plus décisives
de ma vie. C'est donc la première fois, depuis que j'existe, que je sens le besoin de re-
tracer par des paroles ce que j'éprouve et ce
qui m'arrive. C'est même un grand plaisir
pour moi de l'essayer. Illustre et vénéré Porpora, aimable et cher Haydn, excellent et
respectable chanoine ***, vous, mes seuls
amis, et peut-être vous aussi, noble et infortuné baron de Trenck, c'est à vous que je
songe en écrivant; c'est à vous que je ra-
conte mes revers et mes épreuves. Il me
semble que je vous parle, que je suis avec

vous, et que dans ma triste solitude j'échappe
au néant de la mort en vous initiant au secret de ma vie. Peut-être mourrai-je ici d'ennui et de misère, quoique jusqu'à présent ma
santé ni mon courage ne soient sensible-
ment altérés. Mais j'ignore les maux que me
réserve l'avenir, et si j'y succombe, du moins
une trace de moi et une peinture de mon
agonie resteront dans vos mains ; ce sera
l'héritage de quelque prisonnier qui me succédera dans cette cellule, et qui retrouvera
la cachette de la muraille où j'ai trouvé moi-
même le papier et le crayon qui me servent à
vous écrire. Oh ! maintenant, je remercie
ma mère de m'avoir fait apprendre à écrire,
elle qui ne le savait pas ! Oui, c'est un grand
soulagement que d'écrire en prison. Mon
triste chant ne perçait pas l'épaisseur de ces
murailles et ne pouvait aller jusqu'à vous.
Mon écriture vous parviendra un jour... et

qui sait si je ne trouverai pas un moyen de vous l'envoyer bientôt? J'ai toujours compté sur la providence.

Le 3. — « J'écrirai brièvement et sans m'arrêter à de longues réflexions. Cette petite provision de papier, fin comme de la soie, ne sera pas éternelle, et ma captivité le sera peut-être. Je vous dirai quelques mots chaque soir avant de m'endormir. Je veux aussi ménager ma bougie. Je ne puis écrire le jour, je risquerais d'être surprise. Je ne vous raconterai pas pourquoi j'ai été envoyée ici : je ne le sais pas, et, en tâchant de le deviner avec vous, je compromettrais peut-être des personnes qui ne m'ont pourtant rien confié. Je ne me plaindrai pas non plus des auteurs de mon infortune. Il me semble que si je me laissais aller au reproche et au ressentiment, je perdrais la force qui me soutient. Je ne veux penser ici qu'à ceux que j'aime, et à celui que j'ai aimé.

« Je chante tous les soirs pendant deux heures, et il me semble que je fais des progrès. A quoi cela me servira-t-il? Les voûtes de mon cachot me répondent ; elles ne m'entendent pas... Mais Dieu m'entend, et quand j'ai composé un cantique que je lui chante dans la ferveur de mon âme, j'éprouve un calme céleste, et je m'endors presque heureuse. Il me semble que du ciel on me répond, et qu'une voix mystérieuse me chante dans mon sommeil un autre cantique plus beau que le mien, que j'essaye le lendemain de me rappeler et de chanter à mon tour. A présent que j'ai des crayons, comme il me reste un peu de papier réglé, je vais écrire mes compositions. Un jour peut-être, vous les essayerez, mes chers amis, et je ne serai pas morte tout entière.

Le 4. — « Ce matin le rouge-gorge est entré dans ma chambre, et il est resté plus d'un quart d'heure. Il y a quinze jours que je l'invite à me faire cet honneur, et enfin il s'y est décidé aujourd'hui. Il demeure dans un vieux lierre qui se traîne jusqu'à ma fenêtre, et que mes gardiens épargnent, parce qu'il donne un peu de verdure à leur porte située à quelques pieds au-dessous. Le joli petit oiseau me regardait depuis longtemps d'un air curieux et méfiant. Attiré par la mie de pain que je lui roule en forme de petits vers, et que je fais tourner dans mes doigts pour l'agacer par l'aspect d'une proie vivante, il venait légèrement, et comme porté par un coup de vent, jusqu'auprès de mes barreaux; mais dès qu'il s'apercevait de la tromperie, il s'en allait d'un air de reproche, et faisait entendre un petit râlement qui ressemblait à une injure. Et puis ces vilains barreaux de

fer, si serrés et si noirs, à travers lesquels
nous avons fait connaissance, ressemblent
tant à une cage, qu'il en avait horreur. Cependant aujourd'hui, comme je ne pensais plus
à lui, il s'est déterminé à les traverser, et il
est venu, sans penser à moi, je le crois bien
aussi, se poser sur un barreau de chaise, dans
ma chambre. Je n'ai pas bougé afin de ne
pas l'effaroucher et il s'est mis à regarder
autour de lui d'une manière étonnée. Il avait
l'air d'un voyageur qui vient de découvrir un
pays inconnu, et qui fait ses observations afin
de raconter des choses merveilleuses à ses amis.
C'était moi qui l'étonnais le plus, et tant que
je n'ai pas remué, il a eu l'air de me trouver
fort comique. Avec son grand œil rond et son
bec en l'air comme un petit nez retroussé, il
a une physionomie étourdie et impertinente
qui est la plus spirituelle du monde. Enfin
j'ai toussé un peu pour entamer la conversa-

tion, et il s'est envolé tout effrayé. Mais dans sa précipitation, il n'a pas su retrouver la fenêtre. Il s'est élevé jusqu'au plafond, et il a tourné en rond pendant une minute comme un être qui a perdu la tête. Enfin il s'est calmé, en voyant que je ne songeais pas à le poursuivre, et, fatigué de sa peur plus que de son vol, il est venu s'abattre sur le poêle. Il a paru fort agréablement surpris de cette chaleur, car c'est un oiseau très frileux; et après avoir fait encore quelques tours au hasard, il est revenu à plusieurs reprises y réchauffer ses pieds mignons avec une secrète volupté. Il a pris courage jusqu'à becqueter mes petits vers en mie de pain qui étaient sur la table, et après les avoir secoués d'un air de mépris, et éparpillés autour de lui, il a fini, pressé de la faim sans doute, par en avaler un qu'il n'a pas trouvé trop mauvais. En ce moment M. Schwartz (mon gardien) est

entré, et le cher petit visiteur a retrouvé la
fenêtre pour se sauver. Mais j'espère qu'il
reviendra, car il ne s'est guère éloigné de la
journée, et il n'a cessé de me regarder comme
pour me le promettre et me dire qu'il n'a
plus si mauvaise opinion de moi et de mon
pain.

« En voilà bien long sur un rouge-gorge.
Je ne me croyais pas si enfant. Est-ce que la
prison conduirait à l'idiotisme ? ou bien y
a-t-il un mystère de sympathie et d'affection
entre tout ce qui respire sous le ciel ? J'ai eu
ici mon clavecin pendant quelques jours.
J'ai pu travailler, étudier, composer, chanter... rien de tout cela ne m'a émue jusqu'ici
autant que la visite de ce petit oiseau, de
cet être ! Oui, c'est un être, et c'est pour cela
que mon cœur a battu en le voyant près de
moi. Cependant mon gardien est un être
aussi, un être de mon espèce ; sa femme, son

fils que je vois plusieurs fois le jour, la sentinelle qui se promène jour et nuit sur le rempart et qui ne me perd pas de vue, ce sont des êtres mieux organisés, des amis naturels, des frères devant Dieu; pourtant leur aspect m'est beaucoup plus pénible qu'agréable. Ce gardien me fait l'effet d'un guichet, sa femme d'un cadenas, son fils d'une pierre scellée dans le mur. Dans le soldat qui me garde, je ne vois qu'un fusil braqué sur moi. Il me semble que ces gens-là n'ont rien d'humain, rien de vivant, que ce sont des machines, des instruments de torture et de mort. Si ce n'était la crainte d'être impie, je les haïrais... O mon rouge-gorge! toi, je t'aime, il n'y a pas à dire, je le sens. Explique qui pourra ce genre d'amour.

Le 5. — Autre évènement. Voilà le billet que j'ai reçu ce matin, d'une écriture peu

lisible, sur un morceau de papier fort malpropre :

« Ma sœur, puisque l'esprit te visite, tu es
« une sainte, j'en étais bien sûr. Je suis ton
« ami et ton serviteur. Dispose de moi, et
« commande tout ce que tu voudras à ton
« frère. »

« Quel est cet ami, ce frère improvisé ?
Impossible de deviner. J'ai trouvé cela sur
ma fenêtre ce matin, en l'ouvrant pour dire
bonjour au rouge-gorge. Serait-ce lui qui
me l'aurait apporté ? Je suis tentée de croire
que c'est lui qui me l'a écrit. Tant il y a qu'il
me connaît, le cher petit être, et qu'il commence à m'aimer. Il ne s'approche presque
jamais de la cuisine des Schwartz, dont la
lucarne exhale une odeur de graisse chaude
qui monte chez moi, et qui n'est pas le moindre désagrément de mon habitation. Mais je
ne désire plus d'en changer depuis que mon

petit oiseau l'adopte. Il a trop bon goût pour
se familiariser avec ce porte-clefs gargotier,
sa méchante femme et sa laide progéniture (1).
C'est à moi décidément qu'il accorde sa confiance et son amitié. Il est rentré dans ma
chambre aujourd'hui. Il y a déjeuné avec
appétit, et quand je me suis promenée à midi sur l'esplanade, il est descendu de son
lierre, et il est venu voltiger autour de moi.
Il faisait entendre son petit râle, comme
pour m'agacer et attirer mon attention. Le
vilain Gottlieb était sur le pas de sa porte, et
me regardait, en ricanant, avec ses yeux
égarés. Cet être est toujours accompagné
d'un affreux chat roux qui regarde mon rouge-
gorge d'un œil plus horrible encore que celui

(1) Consuelo donnait quelques détails dans un para-
graphe précédent sur la famille Schwartz. On a supprimé
de son manuscrit tout ce qui serait une répétition pour
le lecteur,

de son maître. Cela me fait frémir. Je hais ce chat presque autant que madame Schwartz la fouilleuse.

Le 6. — « Encore un billet ce matin ! Voilà qui devient bizarre. Même écriture crochue, pointue, pataraffée, malpropre ; même papier à sucre. Mon Lindor n'est pas un hidalgo, mais il est tendre et enthousiaste : « Chère sœur, âme élue et marquée du doigt de Dieu, tu te méfies de moi. Tu ne veux pas me parler. N'as-tu rien à me commander ? Ne puis-je te servir en rien ? Ma vie t'appartient. Commande donc à ton frère. » Je regarde la sentinelle. C'est un butor de soldat qui tricote son bas en se promenant de long en large, le fusil sur l'épaule. Il me regarde aussi, et semble plus disposé à m'envoyer une balle qu'un poulet. De quelque côté que je tourne les yeux, je ne vois que d'immenses murailles grises, hérissées d'or-

ties, bordées d'un fossé, lequel est bordé lui-
même d'un autre ouvrage de fortification,
dont je ne sais ni le nom ni l'usage, mais qui
me prive de la vue de l'étang ; et sur le haut
de cet ouvrage avancé, une autre sentinelle
dont j'aperçois le bonnet et le bout du fusil, et
dont j'entends le cri sauvage à chaque barque qui rase la citadelle : *Passez au large !*
Si je voyais au moins ces barques, et un peu
d'eau courante, et un coin de paysage ! J'entends seulement le clapotement de la rame,
quelquefois une chanson de pêcheur, et au
loin, quand le vent souffle de ce côté, le
bouillonnement des deux rivières qui se réu-
nissent à une certaine distance de la prison.
Mais d'où me viennent ces billets mystérieux
et ce beau dévouement dont je ne sais que
faire ? Peut-être que mon rouge-gorge le
sait, mais le rusé ne voudra pas me le dire. »

Le 7. — « En regardant de tous mes yeux ,

pendant que je me promenais sur mon rempart, j'ai aperçu une petite ouverture étroite
pratiquée dans le flanc de la tour que j'habite,
à une dizaine de pieds au-dessus de ma fenêtre, et presque entièrement cachée par les
dernières branches du lierre qui montent
jusque-là. Un si petit jour ne peut éclairer la
demeure d'un vivant, pensais-je en frémissant. J'ai pourtant voulu savoir à quoi m'en
tenir, et j'ai essayé d'attirer Gotlieb sur le
rempart en flattant sa monomanie ou plutôt
sa passion malheureuse, qui est de faire des
souliers. Je lui ai demandé s'il pourrait bien
me fabriquer une paire de pantoufles ; et,
pour la première fois, il s'est approché de
moi sans y être forcé, et il m'a répondu sans
embarras. Mais sa manière de parler est
aussi étrange que sa figure, et je commence
à croire qu'il n'est pas idiot, mais fou :

« — Des souliers pour toi ? m'a-t-il dit (car

il tutoie tout le monde); non, je n'oserais. Il est écrit : *Je ne suis pas digne de délier les cordons de ses souliers.* »

« Je voyais sa mère à trois pas de la porte et prête à venir se mêler à la conversation. N'ayant donc pas le temps de m'arrêter à comprendre le motif de son humilité ou de sa vénération, je me suis hâtée de lui demander si l'étage au-dessus de moi était habité, n'espérant guère, cependant, obtenir une réponse raisonnable.

« — Il n'est pas habité, m'a répondu très-judicieusement Gottlieb ; il ne pourrait pas l'être, il n'y a qu'un escalier qui conduit à la plate-forme.

« — Et la plate-forme est isolée ? Elle ne communique avec rien ?

« — Pourquoi me demandes-tu cela, puisque tu le sais ?

« — Je ne le sais pas et ne tiens guère à le

savoir. C'est pour te faire parler, Gottlieb,
et pour voir si tu as autant d'esprit qu'on le
dit.

« — J'ai beaucoup, beaucoup d'esprit, m'a
répondu le pauvre Gottlieb d'un ton grave et
triste, qui contrastait avec le comique de ses
paroles.

« — En ce cas, tu peux m'expliquer, ai-je
repris (car les moments étaient précieux),
comment cette cour est construite.

« — Demande-le au rouge-gorge, a-t-il
répondu avec un étrange sourire. Il le sait,
lui qui vole et qui va partout. Moi je ne sais
rien, puisque je ne vais nulle part.

« — Quoi ! pas même jusqu'au haut de
cette tour où tu demeures ? Tu ne sais pas ce
qu'il y a derrière cette muraille ?

« — J'y ai peut-être passé, mais je n'y ai
pas fait attention. Je ne regarde presque jamais rien ni personne.

« Cependant tu regardes le rouge-gorge;
tu le vois, tu le connais.

« — Oh! lui c'est différent. On connaît bien
les anges : ce n'est pas une raison pour regarder les murs.

« — C'est très profond ce que tu dis là,
Gottlieb. Pourrais-tu me l'expliquer?

« — Demande au rouge-gorge, je te dis
qu'il sait tout, lui; il peut aller partout, mais
il n'entre jamais que chez ses pareils. C'est
pourquoi il entre dans ta chambre.

« — Grand merci, Gottlieb, tu me prends
pour un oiseau.

« — Le rouge-gorge n'est pas un oiseau.

« — Qu'est-ce donc?

« — C'est un ange, tu le sais.

« — En ce cas, j'en suis un aussi?

« — Tu l'as dit.

« — Tu es galant, Gottlieb.

— *Galant!* a dit Gottlieb en me regardant

d'un air profondément étonné; qu'est-ce que c'est que *galant?*

« — Tu ne connais pas ce mot-là ?

« — Non.

« — Comment sais-tu que le rouge-gorge entre dans ma chambre ?

« — Je l'ai vu; et d'ailleurs il me l'a dit.

« — Il te parle donc ?

« — Quelquefois, a dit Gottlieb en soupirant, bien rarement ! Mais hier il m'a dit : « Non ! je n'entrerai jamais dans ton enfer de cuisine. Les anges n'ont pas commerce avec les méchants esprits. »

« — Est-ce que tu serais un méchant esprit, Gottlieb ?

« — Oh ! non, pas moi ; mais... » Ici Gottlieb a posé un doigt sur ses grosses lèvres, d'un air mystérieux.

« — Mais qui ? »

« Il n'a rien répondu, mais il m'a montré son chat à la dérobée et comme s'il craignait d'en être aperçu.

« — C'est donc pour cela que tu l'appelles d'un si vilain nom ? Belzébuth, je crois ?

« — Chut ! a repris Gottlieb, c'est son nom et il le connaît bien. Il le porte depuis que le monde existe. Mais il ne le portera pas toujours.

« — Sans doute ; quand il sera mort !

« — Il ne mourra pas, lui ! Il ne peut pas mourir, et il en est bien fâché, parce qu'il ne sait pas qu'un jour viendra où il sera pardonné. »

« Ici nous fûmes interrompus par l'approche de madame Schwartz, qui s'émerveillait de voir Gottlieb causer enfin librement avec moi. Elle en était toute joyeuse, et me demanda si j'étais contente de lui.

« — Très contente, je vous assure. Gottlieb

est fort intéressant, et j'aurai maintenant du
plaisir à le faire parler.

« — Ah! mademoiselle, vous nous rendrez
grand service, car le pauvre enfant n'a personne à qui causer, et avec nous c'est comme
un fait exprès, il ne veut pas desserrer les
dents. Es-tu original, mon pauvre Gottlieb,
et têtu! voilà que tu causes très bien avec
mademoiselle, que tu ne connais pas, tandis qu'avec tes parents... »

« Gottlieb tourna aussitôt les talons, et
disparut dans la cuisine, sans paraître avoir
entendu seulement la voix de sa mère.

« — Voilà comme il fait toujours! s'écria
madame Schwartz; quand son père ou moi
lui adressons la parole, on jurerait, vingt-
neuf fois sur trente, qu'il est devenu sourd.
Mais enfin, que vous disait-il donc, mademoiselle? De quoi, diantre, pouvait-il vous
parler si longtemps?

« — Je vous avoue que je ne l'ai pas bien
compris, répondis-je. Il faudrait savoir à
quoi se rapportent ses idées. Laissez-moi le
faire causer de temps en temps sans le déranger, et quand je serai au fait, je vous expli-
querai ce qui se passe dans sa tête

— Mais enfin, mademoiselle, il n'a pas
l'esprit dérangé?

« — Je ne le pense pas, ai-je répondu, et
j'ai fait là un gros mensonge, que Dieu me
le pardonne! Mon premier mouvement a été
d'épargner l'illusion de cette pauvre femme,
qui est une méchante sorcière, à la vérité,
mais qui est mère, et qui a le bonheur de ne
pas voir la folie de son fils. Cela est toujours
fort étrange. Il faut que Gottlieb, qui m'a
montré si naïvement ses bizarreries, ait une
folie silencieuse avec ses parents. En y songeant, je me suis imaginé que je tirerais
peut-être de la simplicité de ce malheureux

quelques renseignements sur les autres ha-
bitants de ma prison, et que je découvrirais,
par le hasard de ses réponses, l'auteur de
mes billets anonymes. Je veux donc m'en
faire un ami, d'autant plus que ses sympathies
me paraissent soumises à celles du rouge-
gorge, et que, décidément, le rouge-gorge
m'honore de la sienne. Il y a de la poésie dans
l'esprit malade de ce pauvre enfant ! Le petit
oiseau un ange, le chat un méchant esprit
qui sera pardonné ! Qu'est-ce que tout cela ?
Il y a dans ces têtes germaniques, même les
plus détraquées, un luxe d'imagination que
j'admire.

« Tant il y a que madame Schwartz est fort
contente de ma condescendance, et que me
voilà très bien avec elle pour le moment. Les
billevesées de Gottlieb me seront une distraction. Pauvre être ! Celui-là, depuis aujour-
d'hui que je le connais, il ne m'inspire plus

d'éloignement. Un fou, cela ne doit pas être méchant dans ce pays-ci, où les gens d'esprit et de haute raison sont si loin d'être bons!

Le 8. — Troisième billet sur ma fenêtre.

« Chère sœur, la plate-forme est isolée ; mais
« l'escalier qui y monte communique avec
« un autre corps de bâtiment au bout duquel
« se trouve l'appartement d'une dame qui
« est prisonnière comme toi. Son nom est
« un mystère, mais le rouge-gorge te le dira
« si tu l'interroges. Voilà, au reste, ce que
« tu voulais savoir du pauvre Gottlieb, et ce
« qu'il ne pouvait t'apprendre. »

« Quel est donc cet ami qui sait, qui voit, qui entend tout ce que je fais et tout ce que je dis? Je m'y perds. Il est donc invisible ? Tout cela me paraît si merveilleux que je m'en amuse sérieusement. Il me semble que, comme dans mon enfance, je vis au milieu d'un conte de fées, et que mon rouge-gorge va parler tout d'un coup.

Mais s'il est vrai de dire de ce charmant petit
lutin qu'il ne lui manque que la parole, il
n'est que trop certain qu'elle lui manque
absolument, ou que je ne puis comprendre
son langage. Le voilà tout-à-fait habitué à
moi. Il entre dans ma chambre, il en sort, il
y revient, il est chez lui. Je remue, je marche,
il ne s'enfuit plus qu'à la portée du bras, et il
revient aussitôt. S'il aimait beaucoup le pain,
il m'aimerait davantage, car je ne puis me
faire illusion sur la cause de son attachement
pour moi. C'est la faim, et un peu aussi le
besoin et le désir de se réchauffer à mon
poêle. Si je peux réussir à attraper une
mouche (elles sont encore si rares!), je suis
certaine qu'il viendra la prendre dans mes
doigts ; car déjà il examine de très près les
morceaux que je lui présente, et si la tenta-
tion était plus forte, il mettrait de côté toute
cérémonie. Je me souviens maintenant d'a-

voir entendu dire à Albert qu'il ne fallait, pour apprivoiser les animaux les plus craintifs, pour peu qu'ils eussent une étincelle d'intelligence, que quelques heures d'une patience à toute épreuve. Il avait rencontré une zingara, prétendue sorcière, qui ne restait pas un jour entier dans un même coin de la forêt, sans que quelques oiseaux vinssent se poser sur elle. Elle passait pour avoir un charme, et elle prétendait recevoir d'eux, comme Appollonius de Tyane, dont Albert m'a raconté aussi l'histoire, des révélations sur les choses cachées. Albert assurait que tout son secret c'était la patience avec laquelle elle avait étudié les instincts de ces petites créatures, outre une certaine affinité de caractère qui se rencontre souvent entre des êtres de notre espèce et des êtres d'une espèce particulière. A Venise, on élève beaucoup d'oiseaux, on en a la passion, et je

la conçois maintenant. C'est que cette belle
ville, séparée de la terre, a quelque chose
d'une prison. On y excelle dans l'éducation
des rossignols. Les pigeons, protégés par une
loi spéciale, et presque vénérés par la popu-
lation, y vivent librement sur les vieux édi-
fices, et sont si familiers que, dans les rues et
sur les places, il faut se déranger pour ne pas
les écraser en marchant. Les goëlands du
port se posent sur les bras des matelots.
Aussi il y a à Venise des oiseleurs fameux.
J'ai été fort liée, quand j'étais moi-même un
enfant, avec un enfant du peuple qui faisait
ce trafic, et à qui il suffisait de confier une
heure l'oiseau le plus farouche pour qu'il
vous le rendît aussi apprivoisé que s'il eût
été élevé dans la domesticité. Je m'amuse à
répéter ces expériences sur mon rouge-
gorge, et le voilà qui se familiarise de minute
en minute. Quand je suis dehors, il me suit,

il m'appelle; quand je me mets à ma fenêtre,
il accourt et vient à moi. M'aimerait-il?
pourrait-il m'aimer? Moi, je sens que je
l'aime; mais lui, il me connaît et ne me
craint pas, voilà tout. L'enfant au berceau
n'aime pas autrement sa nourrice, sans doute.
Un enfant! quelle tendresse cela doit inspi-
rer! Hélas! je crois qu'on n'aime passionné-
ment que ce qui ne peut guère nous le rendre. L'ingratitude et le dévouement, ou tout
au moins l'indifférence et la passion, c'est
là l'éternel hyménée des êtres. Anzoleto, tu
ne m'a pas aimée... Et toi, Albert, qui m'ai-
mais tant, je t'ai laissé mourir... Me voilà
réduite à aimer un rouge-gorge! et je me
plaindrais de n'avoir pas mérité mon sort!
Vous croyez peut-être, mes amis, que j'ose
plaisanter sur un pareil sujet! Non. Ma tête
s'égare peut-être dans la solitude; mon cœur,

privé d'affections, se consume, et ce papier
est trempé de mes larmes.

« Je m'étais promis de ne pas le gaspiller,
ce précieux papier; et voilà que je le couvre
de puérilités. J'y trouve un grand soulagement, et ne puis m'en défendre. Il a plu
toute la journée. Je n'ai pas revu Gottlieb ;
je ne me suis pas promenée. J'ai été occu-
pée du rouge-gorge tout ce temps, et cet enfantillage a fini par m'attrister étrangement.
Quant l'oiseau espiègle et inconstant a cherché à me quitter en becquetant la vitre, je lui
ai cédé. J'ai ouvert la fenêtre par un sentiment de respect pour la sainte liberté que les
hommes ne craignent pas de ravir à leurs
semblables : mais j'ai été blessée de cet
abandon momentané, comme si cette bête me
devait quelque chose pour tant de soins et
d'amour. Je crois bien que je deviens folle,

et qu'avant peu je comprendrai parfaite-
tement les divagations de Gottlieb. »

Le 9 — Qu'ai-je appris ? ou plutôt qu'ai-
je cru apprendre ? car je ne sais rien encore;
mais mon imagination travaille énormé-
ment.

« D'abord j'ai découvert l'auteur des billets mystérieux. C'est le dernier que j'eusse
imaginé. Mais ce n'est déjà plus de cela que
je songe à m'émerveiller. N'importe, je vous
raconterai toute cette journée.

« Dès le matin, j'ai ouvert ma petite fenêtre composée d'un seul carreau de vitre assez grand, assez clair, grâce à la propreté
avec laquelle je l'essuie pour ne rien perdre
du peu de jour qui m'arrive et que me dispu-
te le vilain grillage. Même le lierre menace de m'envahir et de me plonger dans l'obscurité; mais je n'ose encore en arracher une
seule feuille; ce lierre vit, il est libre dans sa

nature d'existence. Le contrarier, le mutiler!
Il faudra pourtant bien s'y résoudre. Il res-
sent l'influence du mois d'avril; il se hâte de
grandir, il s'étend, il s'accroche de tous côtés ; il a ses racines scellées dans la pierre ;
mais il monte, il cherche l'air et le soleil. La
pauvre pensée humaine en fait autant. Je
comprends maintenant qu'il y ait eu jadis des
plantes sacrées... des oiseaux sacrés... Le
rouge-gorge est venu aussitôt, et il s'est posé
sur mon épaule sans plus de façon ; puis il
s'est mis selon sa coutume, à regarder tout,
à toucher à tout ; pauvre être ! il y a si peu
de chose ici pour l'amuser ! Et pourtant il est
libre, il peut habiter les champs, et il pré-
fère la prison, son vieux lierre et ma triste
cellule. M'aimerait-il ? non. Il a chaud dans
ma chambre, et il prend goût à mes miet-
tes de pain. Je suis effrayée maintenant de
l'avoir si bien apprivoisé. S'il allait entrer

dans la cuisine de Schwartz et devenir la
proie de son vilain chat ! Ma sollicitude lui
causerait cette mort affreuse... Etre déchiré,
dévoré par une bête féroce ! Et que faisons-
nous donc, nous autres faibles humains,
cœurs sans détours et sans défense, sinon d'ê-
tre torturés et détruits par des êtres sans pitié
qui nous font sentir en nous tuant lentement,
leurs griffes et leur dent cruelle !

« Le soleil s'est levé clair, et ma cellule
était presque couleur de rose, comme autre-
fois ma chambre de la *corte-Minelli* quand
le soleil de Venise... mais il ne faut pas penser à ce soleil-là ; il ne se levera plus sur ma
tête. Puissiez-vous, ô mes amis, saluer pour
moi la riante Italie. et les *cieux immenses*, et
il firmamento lucido.... que je ne reverrai
sans doute plus.

« J'ai demandé à sortir ; on me l'a permis
quoique ce fût de meilleure heure que de

coutume : j'appelle cela sortir ! Une plate-
forme de trente pieds de long, bordée d'un
marécage et encaissée entre de hautes murailles ! Pourtant ce lieu n'est pas sans beauté, du moins je me le figure à présent que je
l'ai contemplé sous tous les aspects. La nuit,
il est beau à force d'être triste. Je suis sûre
qu'il y a ici bien des gens innocents comme
moi et beaucoup plus mal partagés ; des cachots d'où l'on ne sort jamais, où jamais le
jour ne pénètre ; que la lune même, l'amie
des cœurs désolés, ne visite point. Ah ! j'aurais tort de murmurer. Mon Dieu ! si j'avais
une part de puissance sur la terre, je voudrais faire des heureux !...

« Gottlieb est accouru vers moi clopin-
clopant, et souriant autant que sa bouche
pétrifiée peut sourire. On ne l'a pas troublé,
on l'a laissé seul avec moi ; et tout-à-coup, mi-

racle! Gottlieb s'est mis à parler presque comme un être raisonnable.

« — Je ne t'ai pas écrit cette nuit, m'a-t-il dit, et tu n'as pas trouvé de billet sur ta fenêtre. C'est que je ne t'avais pas vue hier, et que tu ne m'avais rien commandé.

« — Que dis-tu ! Gottlieb, c'était toi qui m'écrivais ?

« — Et quel autre eût pu le faire ? Tu n'avais pas deviné que c'était moi ? Mais je ne t'écrirai plus inutilement à présent que tu veux bien me parler. Je ne veux pas t'importuner, mais te servir.

— Bon Gottlieb, tu me plains donc ? tu prends donc intérêt à moi ?

« — Oui, puisque j'ai reconnu que tu étais un esprit de lumière !

« — Je ne suis rien de plus que toi, Gottlieb, tu te trompes.

« — Je ne me trompe pas. Ne t'entends-je pas chanter ?

« — Tu aimes donc la musique ?

« — J'aime la tienne ; elle est selon Dieu et selon mon cœur.

« — Ton cœur est pieux, ton âme est pure, je le vois, Gottlieb.

« — Je travaille à les rendre tels. Les anges m'assisteront, et je vaincrai l'esprit des ténébres qui s'est appesanti sur mon pauvre corps, mais qui n'a pu s'emparer de mon âme. »

« Peu-à-peu Gottlieb s'est mis à parler avec enthousiasme, mais sans cesser d'être noble et vrai dans ses symboles poétiques. Enfin, que vous dirai-je ? cet idiot, ce fou est arrivé à une véritable éloquence en parlant de la bonté de Dieu, des misères humaines, de la justice future d'une Providence rémunératrice, des vertus évangéliques, des devoirs du

vrai croyant, des arts même, de la musique
et de la poésie. Je n'ai pas pu encore comprendre dans quelle religion il avait puisé
toutes ses idées, et cette fervente exaltation;
car il ne m'a semblé ni catholique, ni pro-
testant, et tout en me disant, à plusieurs reprises, qu'il croyait à la seule, à la vraie religion, il ne m'a rien appris, sinon qu'il est,
à l insu de ses parents, d'une secte particulière : je suis trop ignorante pour deviner laquelle. J'étudierai peu-à-peu le mystère de
cette âme singulièrement forte et belle, singulièrement malade et affligée ; car, en somme le pauvre Gottlieb est fou, comme Zdenko
l'était dans sa poésie... comme Albert l'était
aussi dans sa vertu sublime !... La démence
de Gottlieb a reparu, lorsqu'après avoir parlé
quelque temps avec chaleur, son enthousiasme est devenu plus fort que lui ; et alors il
s'est mis à divaguer d'une manière enfantine

qui me faisait mal, sur l'ange rouge-gorge
et sur le chat démon; et aussi sur sa mère,
qui a fait alliance avec le chat et avec le mauvais esprit qui est en lui ; enfin de son père,
qui a été changé en pierre par un regard de
ce pauvre matou Belzébuth. J'ai réussi à le
calmer en le distrayant de ses sombres fan-
taisies, et je l'ai interrogé sur les autres prisonniers. Je n'avais plus aucun intérêt per-
sonnel à apprendre ces détails, puisque les
billets , au lieu d'être jetés sur ma fenêtre du
haut de la tour, comme je le supposais,
étaient hissés d'en bas par Gottlieb, avant le
jour, au moyen de je ne sais quel engin sans
doute fort simple. Mais Gottlieb, obéissant à
mes intentions avec une docilité singulière,
s'était déjà enquis de ce que la veille j'avais
paru désirer de savoir. Il m'a appris que la
prisonnière qui demeure dans le bâtiment
situé derrière moi, était jeune et belle, et

qu'il l'avait aperçue. Je ne faisais pas grande attention à ses paroles, lorsque tout-à-coup il m'a dit son nom, qui m'a fait tressaillir. Cette captive s'appelle *Amélie*.

« Amélie! quelle mer d'inquiétudes , quel monde de souvenirs ce nom réveille en moi! J'ai connu deux Amélies qui toutes deux ont pricipité ma destinée dans l'abîme par leurs confidences. Celle-ci est-elle la princesse de Prusse, ou la jeune baronne de Rudolstadt ? Sans doute ni l'une ni l'autre. Gottlieb , qui n'a aucune curiosité pour son compte, et qui semble ne pas pouvoir s'aviser de faire un pas ni une question si je ne le pousse en avant comme un automate, n'a rien su me dire de plus que ce prénom d'Amélie. Il a vu la captive, mais il l'a vue à sa manière, c'est-à-dire à travers un nuage. Elle doit être jeune et belle, madame Schwartz le dit. Mais lui, Gottlieb, avoue qu'il ne s'y connaît pas. Il a

seulement pressenti, en l'apercevant à sa
fenêtre, que ce n'est pas un *bon esprit, un
ange*. On fait mystère de son nom de famille.
Elle est riche et fait de la dépense chez
Schwartz. Mais elle est au secret comme
moi. Elle ne sort jamais. Elle est souvent malade. Voilà tout ce que j'ai pu arracher. Gottlieb n'a qu'à écouter le caquet de ses parents
pour en savoir davantage, car on ne se gêne
pas devant lui. Il m'a promis d'écouter, et de
me dire depuis combien de temps cette Amélie est ici. Quant à son autre nom, il paraî-
trait que les Schwartz l'ignorent. Pourraient-
ils l'ignorer, si c'était l'abessse de Quedlimbourg? Le roi aurait-il mis sa sœur en prison? On y met les princesses comme les
autres, et plus que les autres. La jeune baronne de Rudolstadt... Pourquoi serait-elle
ici? De quel droit Frédéric l'aurait-il privée de
sa liberté? Allons! c'est une curiosité de recluse

qui me travaille, et mes commentaires, sur un simple prénom, sont aussi d'une imagination oisive et peu saine. N'importe : j'aurai une montagne sur le cœur tant que je ne saurai pas quelle est cette compagne d'infortune qui porte un nom si émouvant pour moi. »

Le 1er mai. — « Plusieurs jours se sont passés sans que j'aie pu écrire. Divers évènements ont rempli cet intervalle ; je me hâte de le combler en vous les racontant.

« D'abord j'ai été malade. De temps en temps, depuis que je suis ici, je ressens les atteintes d'une fièvre au cerveau qui ressemble en petit à ce que j'ai éprouvé en grand au château des Géants, après avoir été dans le souterrain à la recherche d'Albert. J'ai des insomnies cruelles, entrecoupées de rêves durant lesquels je ne saurais dire si je veille ou si je dors ; et dans ces moments-là, il me semble toujours entendre ce terrible violon

jouant ses vieux airs bohémiens, ses canti-
ques et ses chants de guerre. Cela me fait
bien du mal, et pourtant quand cette imagination commence à s'emparer de moi, je ne
puis me défendre de prêter l'oreille, et de
recueillir avec avidité les faibles sons qu'une
brise lointaine semble m'apporter. Tantôt je
me figure que ce violon joue en glissant sur
les eaux qui dorment autour de la citadelle ;
tantôt qu'il descend du haut des murailles,
et d'autres fois qu'il s'échappe du soupirail
d'un cachot. J'en ai la tête et le cœur brisés.
Et pourtant quand la nuit vient, au lieu de
songer à me distraire en écrivant, je me jette
sur mon lit, et je m'efforce de retomber dans
ce demi-sommeil qui m'apporte mon rêve ou
plutôt mon demi-rêve musical ; car il y a
quelque chose de réel là-dessous. Un véritable violon résonne certainement dans la
chambre de quelque prisonnier : mais que

joue-t-il, et de quelle façon? Il est trop loin
pour que j'entende autre chose que des sons
entrecoupés. Mon esprit malade invente le
reste, je n'en doute pas. Il est dans ma destinée désormais de ne pouvoir douter de la
mort d'Albert, et de ne pouvoir pas non plus
l'accepter comme un malheur accompli.
C'est qu'apparemment il est dans ma nature
d'espérer en dépit de tout, et de ne point me
soumettre à la rigueur du sort.

« Il y a trois nuits, je m'étais enfin endormie tout-à-fait, lorsque je fus réveillée
par un léger bruit dans ma chambre. J'ou-
vris les yeux. La nuit était fort sombre, et je
ne pouvais rien distinguer. Mais j'entendis
distinctement marcher auprès de mon lit,
quoiqu'on marchât avec précaution. Je pen-
sai que c'était madame Schwartz qui prenait
la peine de venir s'assurer de mon état, et je
lui adressai la parole ; mais on ne me répon-

dit que par un profond soupir, et on sortit
sur la pointe du pied ; j'entendis refermer et
verrouiller ma porte ; et comme j'étais fort
accablée, je me rendormis sans faire beaucoup d'attention à cette circonstance. Le lendemain, j'en avais un souvenir si confus et
si lourd, que je n'étais pas sûre de ne pas l'a-
voir rêvé. J'eus le soir un dernier accès de
fièvre plus complet que les autres, mais que
je préférai beaucoup à mes insomnies in-
quiètes et à mes rêveries décousues. Je dor-
mis complètement, je rêvai beaucoup, mais
je n'entendis pas le lugubre violon, et, chaque fois que je m'éveillai, je sentis bien net-
tement la différence du sommeil au réveil.
Dans un de ces intervalles, j'entendis la res-
piration égale et forte d'une personne endormie non loin de moi. Il me semblait même distinguer quelqu'un sur mon fauteuil.
Je ne fus point effrayée. Madame Schwartz

était venue à minuit m'apporter de la tisane ; je crus que c'était elle encore. J'attendis quelque temps sans vouloir l'éveiller, et lorsque je crus m'apercevoir qu'elle s'éveillait d'elle-même, je la remerciai de sa sollicitude, et lui demandai l'heure qu'il était. Alors on s'éloigna, et j'entendis comme un sanglot étouffé, si déchirant, si effrayant, que la sueur m'en vient encore au front quand je me le rappelle. Je ne saurais dire pourquoi il me fit tant d'impression ; il me sembla qu'on me regardait comme très malade, peut-être comme mourante, et qu'on m'accordait quelque pitié : mais je ne me trouvais pas assez mal pour me croire en danger, et d'ailleurs il m'était tout-à-fait indifférent de mourir d'une mort si peu douloureuse, si peu sentie, et au milieu d'une vie si peu regrettable. Dès que madame Schwartz rentra chez moi à sept heures du matin, comme je

ne m'étais pas rendormie et que j'avais passé
les dernières heures de la nuit dans un état
de lucidité parfaite, j'avais un souvenir très
net de cette étrange visite. Je priai ma geôlière de me l'expliquer ; mais elle secoua la
tête en me disant qu'elle ne savait ce que je
voulais dire, qu'elle n'était pas revenue depuis minuit, et que, comme elle avait toutes
les clés des cellules confiées à sa garde sous
son oreiller pendant qu'elle dormait, il était
bien certain que j'avais fait un rêve ou que
j'avais eu une vision. J'étais pourtant si loin
d'avoir eu le délire, que je me sentis assez
bien vers midi pour désirer prendre l'air. Je
descendis sur l'esplanade, toujours accompagnée de mon rouge-gorge qui semblait me
féliciter sur le retour de mes forces. Le temps
était fort agréable. La chaleur commence à
se faire sentir ici, et les brises apportent de
la campagne de tièdes bouffées d'air pur, de

vagues parfums d'herbes, qui réjouissent le cœur malgré qu'on en ait. Gottlieb accourut. Je le trouvai fort changé, et beaucoup plus laid que de coutume. Pourtant il y a une expression de bonté angélique et même de vive intelligence dans le chaos de cette physionomie lorsqu'elle s'illumine. Il avait ses gros yeux si rouges et si éraillés, que je lui demandai s'il y avait mal.

« — J'y ai mal, en effet, me répondit-il, parce que j'ai beaucoup pleuré.

« — Et quel chagrin as-tu donc, mon pauvre Gottlieb?

« — C'est qu'à minuit, ma mère est descendue de la cellule en disant à mon père : « Le numéro 3 est très malade ce soir. Il a la fièvre tout de bon. Il faudra mander le médecin. Je ne me soucie pas que cela nous meure entre les mains. » Ma mère croyait que j'étais endormi; mais moi je n'avais pas

voulu m'endormir avant de savoir ce qu'elle
dirait. Je savais bien que tu avais la fièvre ;
mais quand j'ai entendu que c'était dangereux, je n'ai pas pu m'empêcher de pleurer,
jusqu'à ce que le sommeil m'ait vaincu. Je
crois bien pourtant que j'ai pleuré toute la nuit
dormant, car je me suis éveillé ce matin
en avec les yeux en feu, et mon coussin était
tout trempé de larmes. »

« L'attachement du pauvre Gottlieb m'a
vivement attendrie, et je l'en ai remercié en
serrant sa grande patte noire qui sent le cuir
et la poix d'une lieue. Puis l'idée m'est venue
que Gottlieb pourrait bien, dans son zèle
naïf, m'avoir rendu cette visite nocturne
plus qu'inconvenante. Je lui ai demandé s'il
ne s'était pas relevé, et s'il n'était pas venu
écouter à ma porte. Il m'a assuré n'avoir pas
bougé, et j'en suis persuadée maintenant. Il
faut que l'endroit où il couche soit situé de

façon à ce que, de ma chambre, je l'entende
respirer et gémir par quelque fissure de la
muraille, par la cachette où je mets mon argent et mon journal, peut-être. Qui sait si
cette ouverture ne communique pas, par une
coulée invisible, à celle où Gottlieb met aussi
ses trésors, son livre et ses outils de cordonnier, dans la cheminée de la cuisine? J'ai du
moins en ceci un rapport bien particulier
avec Gottlieb, puisque tous deux nous avons,
comme les rats ou les chauve-souris , un
méchant nid dans un trou de mur, où toutes
nos richesses sont enfouies à l'ombre. J'allais risquer quelques interrogations là-dessus, lorsque j'ai vu sortir du logis des Schwartz
et s'avancer sur l'esplanade un personnage
que je n'avais pas encore vu ici, et dont l'aspect m'a causé une terreur incroyable, bien
que je ne fusse pas encore sûre de ne pas me
tromper sur son compte.

T. II.   15

« — Qu'est-ce que cet homme là? ai-je demandé à Gottlieb à demi-voix.

« — Ce n'est rien de bon, m'a-t-il répondu de même. C'est le nouvel adjudant. Voyez
comme Belzébuth fait le gros dos en se frottant contre ses jambes! Ils se connaissent
bien, allez!

« — Mais comment s'appelle-t-il?

« Gottlieb allait me répondre, lorsque
l'adjudant lui dit d'une voix douce et avec
un sourire bienveillant, en lui montrant la
cuisine : « Jeune homme, on vous demande
là dedans. Votre père vous appelle. »

« Ce n'était qu'un prétexte pour être seul
avec moi, et Gottlieb s'étant éloigné, je me
trouvai face-à-face... devine avec qui, ami
Beppo? Avec le gracieux et féroce recruteur
que nous avons si mal-à-propos rencontré
dans les sentiers du Bœhmer-Wald, il y a
deux ans : avec M. Mayer en personne. Je ne

pouvais plus le méconnaître ; sauf qu'il a pris encore plus d'embonpoint, c'est le même homme, avec son air avenant, sans façon, son regard faux, sa perfide bonhomie, et son *broum*, *broum* éternel, comme s'il faisait une étude de trompette avec sa bouche. De la musique militaire, il avait passé dans la fourniture de chair à canon ; et de là, pour récompense de ses loyaux et honorables services, le voilà officier de place, ou plutôt geôlier militaire, ce qui, après tout, lui convient aussi bien que le métier de geôlier ambulant dont il s'acquittait avec tant de grâce.

« —Mademoiselle, m'a-t-il dit en français, je suis votre humble serviteur ! Vous avez là pour vous promener une petite plate-forme tout à fait gentille ! de l'air, de l'espace, une belle vue ! Je vous en fais mon compliment. Il me paraît que vous *la passez douce en pri-*

son ! avec cela qu'il fait un temps magnifique,
et qu'il y a vraiment du plaisir à être à Spandaw par un si beau soleil, *broum! broum!* »

« Ces insolentes railleries me causaient un
tel dégoût, que je ne lui répondais pas. Il
n'en fut pas déconcerté, et reprenant la parole en italien : — Je vous demande pardon ;
je vous parlais une langue que vous n'entendez peut-être point. J'oubliais que vous êtes
Italienne, cantatrice italienne, n'est-ce pas ?
une voix superbe, à ce qu'on dit. Tel que vous
me voyez, je suis un mélomane renforcé.
Aussi je me sens disposé à rendre votre existence aussi agréable que me le permettra ma
consigne. Ah çà, où diable ai-je eu le bonheur
de vous voir ? Je connais votre figure... mais
parfaitement, d'honneur !

« — C'est sans doute au théâtre de Berlin,
où j'ai chanté cet hiver.

— Non ! j'étais en Silésie ; j'étais sous-ad-

judant à Glatz. Heureusement ce démon de
Trenck a fait son équipée pendant que j'étais
en tournée... je veux dire en mission, sur les
frontières de la Saxe : autrement je n'aurais
pas eu d'avancement, et je ne serais pas ici,
où je me trouve très bien à cause de la proxi-
mité de Berlin ; car c'est une bien triste vie,
mademoiselle, que celle d'un officier de
place. Vous ne pouvez pas vous figurer
comme on s'ennuie, quand on est loin d'une
grande ville, dans un pays perdu ; pour moi
qui aime la musique de passion... Mais où
diantre ai-je donc eu le plaisir de vous ren-
contrer?

« — Je ne me rappelle pas, monsieur, avoir
jamais eu cet honneur.

« — Je vous aurai vue sur quelque théâtre,
en Italie ou à Vienne... Vous avez beaucoup
voyagé? combien avez-vous fait de théâtres? »

« Et comme je ne lui répondais pas, il reprit avec son insouciance effrontée : — N'importe ! cela me reviendra. Que vous disais-je ? ah ! vous ennuyez-vous aussi, vous ?

« — Non, monsieur.

« — Mais est-ce que vous n'êtes pas au secret ? c'est bien vous qu'on appelle la Porporina ?

« — Oui, monsieur.

« — C'est cela ! prisonnière n° 3. Eh bien, vous ne désirez pas un peu de distraction ? de la société ?

« — Nullement, monsieur, répondis-je avec empressement, pensant qu'il allait me proposer la sienne.

« — Comme il vous plaira. C'est dommage. Il y a ici une autre prisonnière fort bien élevée... une femme charmante, ma foi, qui j'en suis sûr, eût été enchantée de faire connaissance avec vous.

« — Puis-je vous demander son nom, monsieur ?

« — Elle s'appelle Amélie.

« — Amélie qui ?

« — Amélie... *broum ! broum !* ma foi, je n'en sais rien. Vous êtes curieuse, à ce que je vois ; c'est la maladie des prisons. »

« J'en étais à me repentir d'avoir repoussé les avances de M. Mayer ; car après avoir désespéré de connaître cette mystérieuse Amélie, et y avoir renoncé, je me sentais de nouveau entraînée vers elle par un sentiment de commisération, et aussi par le désir d'éclaircir mes soupçons. Je tâchai donc d'être un peu plus aimable avec ce repoussant Mayer, et bientôt il me fit l'offre de me mettre en rapport avec la prisonnière n° 2 ; c'est ainsi qu'il désigne cette Amélie.

« Si cette infraction à mon arrêt ne vous compromet pas, monsieur, répondis-je, et que je puisse être utile à cette dame qu'on dit malade de tristesse et d'ennui...

« — *broum! broum!* Vous prenez donc les choses au pied de la lettre, vous ? vous êtes encore bonne enfant ! C'est ce vieux cuistre de Schwartz qui vous aura fait peur de la consigne. La consigne ! est-ce que ce n'est pas là une chimère ? c'est bon pour les portiers, pour les guichetiers ; mais nous autres officiers (et en disant ce mot, le Mayer se rengorgea comme un homme qui n'est pas encore habitué à porter un titre aussi honorable), nous fermons les yeux sur les infractions innocentes. Le roi lui-même, les fermerait, s'il était à notre place. Tenez, quand vous voudrez obtenir quelque chose, mademoiselle, ne vous adressez qu'à moi, et je vous promets que vous ne serez pas contrariée et opprimée inutilement. Je suis naturellement indulgent et humain, moi, Dieu m'a fait comme cela; et puis j'aime la musique... Si vous voulez me chanter quelque chose de temps en temps, le soir, par exemple, je viendrai vous écouter d'ici, et avec cela vous ferez de moi tout ce que vous voudrez.

« — J'abuserai le moins possible de votre obligeance, monsieur Mayer.

« — Mayer! s'écria l'adjudant, en interrompant avec brusquerie le *broum broum* qui voltigeait encore sur ses lèvres noires et gercées. Pourquoi m'appelez-vous Mayer! Je ne m'appelle pas Mayer. Où diable avez-vous pêché ce nom de Mayer?

« — C'est une distraction, monsieur l'adjudant, répondis-je, je vous en demande pardon... J'ai eu un maître de chant qui s'appelait ainsi, et j'ai pensé à lui toute la matinée.

« — Un maître de chant? ce n'est pas moi. Il y a beaucoup de Mayer en Allemagne.

Mon nom est Nanteuil. Je suis d'origine française.

« — Eh bien, monsieur l'officier, comment m'annoncerai-je à cette dame? Elle ne me connait pas, et refusera peut-être ma visite, comme tout-à-l'heure j'ai failli refuser de la connaître. On devient si sauvage quand on vit seul !

« — Oh! quelle qu'elle soit, cette belle dame sera charmée de trouver à qui parler, je vous en réponds. Voulez-vous lui écrire un mot?

« — Mais je n'ai pas de quoi écrire.

« — C'est impossible; vous n'avez donc pas le sou?

« — Quand j'aurais de l'argent, M. Schwartz est incorruptible; et, d'ailleurs, je ne sais pas corrompre.

« — Eh bien, tenez, je vous conduirai ce soir au n° 2 moi-même... après, toutefois, que vous m'aurez chanté quelque chose. »

« Je fus effrayée de l'idée que M. Mayer, ou M. Nanteuil, comme il lui plaît de s'appeler maintenant, voulait peut-être s'introduire dans ma chambre, et j'allais refuser, lorsqu'il me fit mieux comprendre ses intentions, soit qu'il n'eût pas songé à m'honorer de sa visite, soit qu'il lût mon épouvante et ma répugnance sur ma figure. « Je vous écouterai de la plate-forme qui domine la tourelle que vous habitez, dit-il. La voix monte, et j'entendrai fort bien. Puis, je vous ferai ouvrir les portes et conduire par une femme. Je ne vous verrai pas. Il ne serait pas convenable, au fait, que j'eusse l'air de vous pousser moi-même à la désobéissance, quoiqu'après tout, *broum... broum...* en pareille occasion, il y ait un moyen bien simple de se tirer d'affaire... On fait sauter la tête de la prisonnière n° 3, d'un coup de pistolet, et on dit

qu'on l'a surprise en flagrant délit de tentative d'évasion. Eh ! eh ! l'idée est drôle, n'est-
ce pas? En prison, il faut toujours avoir des
idées riantes. Votre serviteur très humble,
mademoiselle Porporina, à ce soir. » Je me
perdais en commentaires sur l'obligeance
prévenante de ce misérable, et, malgré moi,
j'avais une peur affreuse de lui. Je ne pouvais
croire qu'une âme si étroite et si basse aimât la musique au point de n'agir ainsi que
pour le plaisir de m'entendre. Je supposais
que la prisonnière en question n'était autre
que la princesse de Prusse, et que, par l'ordre du roi, on me ménageait une entrevue
avec elle, afin de nous épier et de surprendre
les secrets d'Etat dont on croit qu'elle m'a
fait la confidence. Dans cette pensée, je re-
doutais l'entrevue autant que je la désirais ;
car j'ignore absolument ce qu'il peut y avoir

de vrai dans cette prétendue conspiration
dont on m'accuse d'être complice.

« Néanmoins, regardant comme de mon
devoir de tout braver pour porter quelque
secours moral à une compagne d'infortune, quelle qu'elle fût, je me mis à
chanter à l'heure dite, pour les oreilles de
fer-blanc de monsieur l'adjudant. Je chantai
bien pauvrement : l'auditoire ne m'inspirait
guère ; j'avais encore un peu de fièvre, et
d'ailleurs je sentais bien qu'il ne m'écoutait
que pour la forme ; peut-être même ne m'é-
coutait-il pas du tout. Quand onze heures
sonnèrent, je fus prise d'une terreur assez
puérile. Je m'imaginai que M. Mayer avait
reçu l'ordre secret de se débarrasser de moi,
et qu'il allait me tuer tout de bon, comme il
me l'avait prédit sous forme d'agréable plaisanterie, aussitôt que je ferais un pas hors
de ma cellule. Lorsque ma porte s'ouvrit, je

tremblais de tous mes membres. Une vieille
femme, fort malpropre et fort laide (beaucoup plus laide et plus malpropre encore que
madame Schwartz), me fit signe de la suivre,
et monta devant moi un escalier étroit et
roide pratiqué dans l'intérieur du mur. Quand
nous fûmes en haut, je me trouvai sur la
plate-forme de la tour, à trente pieds environ
au dessus de l'esplanade où je me promène
dans la journée, et à quatre-vingts ou cent
pieds au-dessus du fossé qui baigne toute
cette portion des bâtiments sur une assez longue étendue. L'affreuse vieille qui me guidait
me dit de l'attendre là un instant, et disparut
je ne sais par où. Mes inquiétudes s'étaient
dissipées, et j'éprouvais un tel bien-être à
me trouver dans un air pur, par un clair de
lune magnifique, et à une élévation considérable qui me permettait de contempler enfin
un vaste horizon, que je ne m'inquiétai pas

de la solitude où on me laissait. Les grandes
eaux mortes où la citadelle enfonce ses om-
bres noires et immobiles, les arbres et les
terres que je voyais vaguement au loin sur
le rivage, l'immensité du ciel, et jusqu'au
libre vol des chauve-souris errantes dans la
nuit, mon Dieu! que tout cela me semblait
grand et majestueux, après deux mois passés
à contempler des pans de mur et à compter
les rares étoiles qui passent dans l'étroite
zone de firmament qu'on aperçoit de ma cellule! Mais je n'eus pas le loisir d'en jouir longtemps. Un bruit de pas m'obligea de me retourner; et toutes mes terreurs se réveillè-
rent lorsque je me vis face-à-face avec
M. Mayer.

« — Signora, me dit-il, je suis désespéré
d'avoir à vous apprendre que vous ne pouvez pas voir la prisonnière numéro 2., du
moins quant à présent. C'est une personne

fort capricieuse à ce qu'il me paraît. Hier,
elle montrait le plus grand désir d'avoir de
la société; mais tout à l'heure, je viens de
lui proposer la vôtre, et voici ce qu'elle m'a
répondu : « La prisonnière numéro 3, celle
qui chante dans la tour, et que j'entends tous
les soirs ? Oh ! je connais bien sa voix, et
vous n'avez pas besoin de me dire son nom.
Je vous suis infiniment obligé de la compagne que vous voulez me donner. J'aimerais
mieux ne revoir jamais âme vivante que de
subir la vue de cette malheureuse créature.
Elle est la cause de tous mes maux, et fasse
le ciel qu'elle les expie aussi durement que
j'expie moi-même l'amitié imprudente que
j'ai eue pour elle ! » Voilà, signora, l'opinion
de ladite dame sur votre compte. Reste à savoir si elle est méritée ou non; cela regarde,
comme on dit, le tribunal de votre conscience. Quant à moi, je ne m'en mêle pas, et je

suis prêt à vous reconduire chez vous quand
bon vous semblera.

« — Tout de suite, monsieur, répondis-
je, extrêmement mortifiée d'avoir été accusée de trahison devant un misérable de l'espèce de celui-là, et ressentant au fond du
cœur beaucoup d'amertume contre celle des
deux Amélie qui me témoigne tant d'injustice
ou d'ingratitude.

« — Je ne vous presse pas à ce point, reprit le nouvel adjudant. Vous me paraissez
prendre plaisir à regarder la lune. Regar-
dez-la donc tout à votre aise. Cela ne coûte
rien, et ne fait de tort à personne.

« J'eus l'imprudence de profiter encore un
iustant de la condescendance de ce drôle. Je
ne pouvais pas me décider à m'arracher si
vite au beau spectacle dont j'allais être privée peut-être pour toujours ; et malgré moi,
le Mayer me faisait l'effet d'un méchant la-

quais trop honoré d'attendre mes ordres. Il
profita de mon mépris pour s'enhardir à
vouloir faire la conversation. « Savez-vous,
signora, me dit-il, que vous chantez diablement bien? Je n'ai rien entendu de plus fort
en Italie, où j'ai pourtant suivi les meilleurs
théâtres et passé en revue les premiers ar-
tistes. Où avez-vous débuté? Depuis combien de temps courez-vous le pays? Vous
avez beaucoup voyagé? — Et comme je fei-
gnais de ne pas entendre ses interrogations,
il ajouta sans se décourager : « Vous voya-
gez quelquefois à pied, habillée en homme?»

« Cette demande me fit tressaillir, et je
me hâtai de répondre négativement. Mais il
ajouta : « Allons! vous ne voulez pas en convenir; mais moi, je n'oublie rien, et j'ai bien
retrouvé dans ma mémoire une plaisante
aventure que vous ne pouvez pas avoir oubliée non plus.

« — Je ne sais de quoi vous voulez parler, monsieur, repris-je, en quittant les créneaux de la tour pour reprendre le chemin de ma cellule.

« — Un instant, un instant ! dit Mayer. Votre clé est dans ma poche, et vous ne pouvez pas rentrer comme cela sans que je vous reconduise. Permettez-moi donc, *ma belle enfant*, de vous dire deux mots...

« — Pas un de plus, monsieur, je désire rentrer chez moi, et je regrette d'en être sortie.

« — Pardine ! vous faites bien la mijaurée ! comme si on ne savait pas un peu de vos aventures ! Vous pensiez donc que j'étais assez simple pour ne pas vous reconnaître quand vous arpentiez le Bœhmer-Wald avec un petit brun pas trop mal tourné ? A d'autres ! J'enlevais bien le jouvenceau pour les armées du roi de Prusse ; mais la jouvencelle

n'eût pas été pour son nez ; oui-da ! quoiqu'on dise que vous avez été de son goût, et
que c'est pour avoir essayé de vous en vanter que vous êtes venue ici ! Que voulez-
vous ? La fortune a des caprices contre lesquels il est fort inutile de regimber. Vous
voilà tombée de bien haut ! mais je vous conseille de ne pas faire la fière et de vous contenter de ce qui se présente. Je ne suis qu'un
petit officier de place, mais je suis plus puissant ici qu'un roi que personne ne connaît
et que personne ne craint, parce qu'il y
commande de trop haut et de trop loin pour
y être obéi. Vous voyez bien que j'ai le pouvoir d'éluder la consigne et d'adoucir vos arrêts. Ne soyez pas ingrate, et vous verrez
que la protection d'un adjudant vaut à Spandaw autant que celle d'un roi à Berlin. Vous
m'entendez ? Ne courez pas, ne criez pas, ne
faites pas de folies. Ce serait du scandale en

pure perte ; je dirai ce que je voudrai, et vous, on ne vous croira pas. Allons, je ne veux pas vous effrayer. Je suis d'un naturel doux et compatissant. Seulement, faites vos réflexions ; et quand je vous reverrai, rappe- lez-vous que je puis disposer de votre sort, vous jeter dans un cachot, ou vous entourer de distractions et d'amusements, vous faire mourir de faim sans qu'on m'en demande compte, ou vous faire évader sans qu'on me soupçonne ; réfléchissez, vous dis-je, je vous en laisse le temps... » Et comme je ne ré- pondais pas, atterrée que j'étais de ne pou- voir me soustraire à l'outrage de pareilles prétentions et à l'humiliation cruelle de les entendre exprimer, cet odieux homme ajou- ta, croyant sans doute que j'hésitais : « Et pourquoi ne vous prononceriez-vous pas tout de suite? Faut-il vingt-quatre heures pour reconnaître le seul parti raisonnable

qu'il y ait à prendre, et pour répondre à l'a-
mour d'un galant homme, encore jeune, et
assez riche pour vous faire habiter, en pays
étranger, une plus jolie résidence que ce vilain château-fort? »

« En parlant ainsi, l'ignoble recruteur se
rapprochait de moi, et faisait mine, avec son
air à la fois gauche et impudent, de vouloir
me barrer le passage et me prendre les
mains. Je courus vers les créneaux de la tour,
bien déterminée à me précipiter dans le fossé,
plutôt que de me laisser souiller par la moins
significative de ses caresses. Mais en ce moment un spectacle bizarre frappa mes yeux,
et je me hâtai d'attirer l'attention de l'adjudant sur cet objet, afin de la détourner de
moi. Ce fut mon salut, mais hélas! il a failli
en coûter la vie à un être qui vaut peut-être
mieux que moi!

« Sur le rempart élevé qui borde l'autre

rive du fossé, en face de l'esplanade, une figure, qui paraissait gigantesque, courait ou
plutôt voltigeait sur le parapet avec une rapidité et une adresse qui tenaient du prodige.
Arrivé à l'extrémité de ce rempart, qui est
flanqué d'une tour à chaque bout, le fantôme
s'élança sur le toit de la tour, qui se trouvait
de niveau avec la balustrade, et gravissant
ce cône escarpé avec la légèreté d'un chat,
parut se perdre dans les airs.

« — Que diable est-ce là ? s'écria l'adjudant, oubliant son rôle de galant pour reprendre ses soucis de geôlier. Un prisonnier
qui s'évade, le diable m'emporte! Et la sentinelle endormie, par le corps de Dieu! Sentinelle! cria-t-il d'une voix de Stentor, prenez garde à vous! alerte, alerte! Et, courant vers un créneau où est suspendue une
cloche d'avertissement, il la mit en mouvement avec une vigueur digne d'un aussi re-

marquable professeur de musique infernale.
Je n'ai rien entendu de plus lugubre que ce
tocsin, interrompant de son timbre mordant
et âpre l'auguste silence de la nuit. C'était le
cri sauvage de la violence et de la brutalité,
troublant l'harmonie des libres respirations
de l'onde et de la brise. En un instant, tout
fut en émoi dans la prison. J'entendis le
bruit sinistre des fusils agités dans la main
des sentinelles, qui faisaient claquer la bat-
terie et couchaient en joue, au hasard, le
premier objet qui se présenterait. L'esplanade s'illumina d'une lueur rouge qui fit pâlir
les beaux reflets azurés de la lune. C'était
M. Schwartz qui allumait un fanal. Des si-
gnaux se répondirent d'un rempart à l'autre, et les échos se les renvoyèrent d'une
voix plaintive et affaiblie. Le canon d'alarme
vint bientôt jeter sa note terrible et solennelle dans cette diabolique symphonie. Des

pas lourds retentissaient sur les dalles. Je ne
voyais rien; mais j'entendais tous ces bruits,
et mon cœur était serré d'épouvante. Mayer
m'avait quittée avec précipitation; mais je
ne songeais pas à me réjouir d'en être délivrée : je me reprochais amèrement de lui
avoir signalé, sans savoir de quoi il s'agissait, l'évasion de quelque malheureux prisonnier. J'attendais, glacée de terreur, la fin
de l'aventure, frémissant à chaque coup de
fusil tiré par intervalles, écoutant avec anxiété si les cris du fugitif blessé ne m'annonce-
raient pas son désastre.

« Tout cela dura plus d'une heure; et,
grâce au ciel, le fugitif ne fut ni aperçu ni
atteint. Pour m'en assurer, j'avais été rejoindre les Schwartz sur l'esplanade. Ils
étaient tellement troublés et agités eux-mê-
mes, qu'ils ne songèrent pas à s'étonner de
me voir hors de ma cellule, au milieu de la

nuit. Peut-être aussi avaient-ils été d'accord
avec Mayer pour m'en laisser sortir cette
nuit-là. Schwartz, après avoir couru comme
un fou et s'être assuré qu'aucun des captifs
confiés à sa garde ne lui manquait, commençait à se tranquilliser un peu ; mais sa femme
et lui étaient frappés d'une consternation
douloureuse, comme si le salut d'un homme
était, à leurs yeux, une calamité publique et
privée, un énorme attentat contre la justice
céleste. Les autres guichetiers, les soldats
qui allaient et venaient tout effarés, échan-
geaient avec eux des paroles qui exprimaient
le même désespoir, la même terreur : à leurs
yeux, c'est apparemment le plus noir des
crimes que la tentative d'une évasion. O Dieu
de bonté ! qu'ils me parurent affreux, ces
mercenaires dévoués au barbare emploi de
priver leurs semblables du droit sacré d'être
libres ! Mais tout-à-coup il sembla que la su-

prême équité eût résolu d'infliger un châtiment exemplaire à mes deux gardiens. Madame Schwartz, étant rentrée un instant
dans son bouge, en ressortit avec de grands
cris :

« Gottlieb! Gottlieb ! disait-elle d'une voix
étouffée. Arrêtez! ne tirez pas, ne tuez pas
mon fils! c'est lui; bien certainement c'est
lui ! »

« Au milieu de l'agitation des deux
Schwartz, je compris, par leurs discours entrecoupés, que Gottlieb ne se trouvait ni dans
son lit, ni dans aucun coin de leur demeure,
et que probablement il avait repris, sans
qu'on s'en aperçnt, ses anciennes habitudes
de courir, en dormant, sur les toits. Gottlieb
était somnambule!

« Aussitôt que cet avis eut circulé dans la
citadelle, l'émotion se calma peu-à-peu. Chaque geôlier avait eu le temps de faire sa ron-

de et de constater qu'aucun prisonnier n'a-
vait disparu. Chacun retournait à son poste
avec insouciance. Les officiers étaient enchantés de ce dénouement; les soldats riaient
de leur alarme; madame Schwartz, hors
d'elle-même, courait de tous côtés, et son
mari explorait tristement le fossé, craignant
que la commotion des coups de canon et de
la fusillade n'y eût fait tomber le pauvre
Gottlieb, réveillé en sursaut dans sa course
périlleuse. Je le suivis dans cette explora-
tion. Le moment eût été bon, peut-être,
pour tenter de m'évader moi-même; car il
me sembla voir des portes ouvertes et des
gens distraits; mais je ne m'arrêtai pas à
cette pensée, absorbée que j'étais par celle
de retrouver le pauvre malade qui m'a témoigné tant d'affection.

« Cependant M. Schwartz, qui ne perd jamais tout-à-fait la tête, voyant poindre le

jour, me pria de retourner chez moi, vu qu'il était tout-à-fait contraire à sa consigne de me laisser errer ainsi à des heures indues. Il me reconduisit, afin de me renfermer à clé; mais le premier objet qui frappa mes regards en rentrant dans ma chambre fut Gottlieb, paisiblement endormi sur mon fauteuil. Il avait eu le bonheur de se réfugier là avant que l'alarme fût tout à fait répandue dans la forteresse, ou bien son sommeil avait été si profond et sa course si agile, qu'il avait pu échapper à tous les dangers. Je recommandai à son père de ne pas l'éveiller brusquement, et promis de veiller sur lui jusqu'à ce que madame Schwartz fut avertie de cette heureuse nouvelle.

« Lorsque je fus seule avec Gottlieb, je posai doucement la main sur son épaule, et, lui parlant à voix basse, j'essayai de l'interroger. J'avais ouï dire que les somnambules

peuvent se mettre en rapport avec des personnes amies et leur répondre avec lucidité.
Mon essai réussit à merveille. — Gottlieb, lui
dis-je, où as-tu donc été cette nuit ?

« — Cette nuit ? répondit-il ; il fait déjà
nuit ? Je croyais voir briller le soleil du matin
sur les toits.

« — Tu as donc été sur les toits ?

« — Sans doute. Le rouge-gorge, ce bon
petit ange, est venu m'appeler à ma fenêtre ; je me suis envolé avec lui, et nous avons
été bien haut, bien loin dans le ciel, tout
près des étoiles, et presque dans la demeure
des anges. Nous avons bien, en partant, rencontré Belzébuth qui courait sur les toitures
et sur les parapets pour nous attraper. Mais
il ne peut pas voler, lui ! parce que Dieu le
condamne à une longue pénitence, et il regarde voler les anges et les oiseaux sans pouvoir les atteindre.

« — Et après avoir couru dans les nuages, tu es redescendu ici, pourtant?

« — Le rouge-gorge m'a dit : Allons voir ma sœur qui est malade, et je suis revenu avec lui te trouver dans ta cellule.

« — Tu pouvais donc entrer dans ma cellule, Gottlieb?

«—Sans doute, j'y suis venu plusieurs fois te veiller depuis que tu es malade. Le rouge-gorge vole les clés sous le chevet de ma mère, et Belzébuth a beau faire, il ne peut pas la réveiller une fois que l'ange l'a endormie, en voltigeant invisible autour de sa tête.

« — Qui t'a donc enseigné à connaître si bien les anges et les démons?

« — C'est mon maître! répondit le somnambule avec un sourire enfantin où se peignit un naïf enthousiasme.

« — Et qui est ton maître? lui deman-
dai-je.

« — Dieu, d'abord, et puis...... le sublime
cordonnier !

« — Comment l'appelles-tu, ce sublime
cordonnier?

« — Oh ! c'est un grand nom ! mais il ne
faut pas le dire, vois-tu ; c'est un nom que
ma mère ne connaît pas. Elle ne sait pas que
j'ai deux livres dans le trou de la cheminée.
Un que je ne lis pas, et un autre que je dé-
vore depuis quatre ans, et qui est mon pain
céleste, ma vie spirituelle, le livre de la
vérité, le salut et la lumière de l'âme.

« — Et qui a fait ce livre ?

« — Lui, le cordonnier de Gorlitz, Jacques
Bœhm ! »

« Ici nous fûmes interrompus par l'arrivée
de madame Schwartz, que j'eus bien de la
peine à empêcher de se précipiter sur son fils

pour l'embrasser. Cette femme adore sa progéniture : que ses péchés lui soient remis !
Elle voulut lui parler; mais Gottlieb ne l'entendit pas, et je pus, seule, le déterminer à
retourner à son lit, où l'on m'a assuré ce matin, qu'il avait paisiblement continué son
sommeil. Il ne s'est aperçu de rien, quoique
son étrange maladie et l'alerte de cette nuit
fassent aujourd'hui la nouvelle de tout Spandaw.

« Me voilà rentrée dans ma cellule après
quelques-heures d'une demi-liberté bien douloureuse et bien agitée. Je ne désire pas d'en
ressortir à pareil prix. Pourtant j'aurais pu
m'échapper peut-être !... Je ne songerai plus
qu'à cela maintenant que je me sens ici sous
la main d'un scélérat, et menacée de dangers
pires que la mort, pires qu'une éternelle
souffrance. J'y vais penser sérieusement désormais, et qui sait? j'y parviendrai peut-être!

On dit qu'une volonté persévérante vient à bout de tout. O mon Dieu, protégez-moi! »

Le 5 mai. — « Depuis ces derniers événements, j'ai vécu assez tranquille. J'en suis venue à compter mes jours de repos comme des jours de bonheur, et à en rendre grâces à Dieu, comme dans la prospérité on le remercie pour des années écoulées sans désastre. Il est certain qu'il faut connaître le malheur pour sortir de cette ingratitude apathique où l'on vit ordinairement. Je me reproche aujourd'hui d'avoir laissé passer tant de beaux jours de mon insouciante jeunesse sans en sentir le prix et sans bénir la Providence qui me les accordait. Je ne me suis point assez dit, dans ce temps-là, que je ne les méritais pas, et c'est pour cela, sans doute, que je mérite un peu les maux dont je suis accablée aujourd'hui.

« Je n'ai pas revu cet odieux recruteur,
devenu pour moi plus effrayant qu'il ne le
fût sur les bords de la Moldaw, alors que je
le prenais tout simplement pour un ogre,
mangeur d'enfants. Aujourd'hui je vois en lui
un persécuteur plus abominable et plus dangereux encore. Quand je songe aux prétentions révoltantes de ce misérable, à l'autorité
qu'il exerce autour de moi, à la facilité qu'il
peut avoir de s'introduire la nuit dans ma
cellule, sans que les Schwartz, animaux ser-
viles et cupides, voulussent peut-être me protéger contre lui, je me sens mourir de honte
et de désespoir..... Je regarde ces barreaux
impitoyables qui ne me permettraient pas de
m'élancer par la fenêtre. Je ne puis me procurer de poison, je n'ai pas même une arme
pour m'ouvrir la poitrine... Cependant j'ai
quelques motifs d'espoir et de confiance que
je me plais à invoquer dans ma pensée, car

je ne veux pas me laisser affaiblir par la peur.
D'abord Schwartz n'aime pas l'adjudant, qui,
à ce que j'ai pu comprendre, exploite avant
lui les besoins et les désirs de ses prisonniers,
en leur vendant , au grand préjudice de
Schwartz, qui voudrait en avoir le monopole,
un peu d'air, un rayon de soleil, un morceau
de pain en sus de la ration, et autres munifi-
cences du régime de la prison. Ensuite ces
Schwartz, la femme surtout, commencent à
avoir de l'amitié pour moi, à cause de celle
que me porte Gottlieb , et à cause de l'influence salutaire qu'ils disent que j'ai sur son
esprit. Si j'étais menacée , ils ne viendraient
peut-être pas à mon secours; mais dès que
je le serais sérieusement, je pourrais faire
parvenir par eux mes plaintes au commandant de place. C'est un homme qui m'a paru
doux et humain la seule fois que je l'ai vu....

Gottlieb, d'ailleurs, sera prompt à me rendre ce service, et, sans lui rien expliquer, je me suis déjà concertée avec lui à cet effet. Il est tout prêt à porter une lettre que je tiens prête aussi. Mais j'hésite à demander secours avant le péril; car mon ennemi, s'il cesse de me tourmenter, pourrait tourner en plaisanterie une déclaration que j'aurais eue la pruderie ridicule de prendre au sérieux. Quoi qu'il en soit, je ne dors que d'un œil, et j'exerce mes forces musculaires pour un pugilat, s'il en est besoin. Je soulève mes meubles, je raidis mes bras contre les barreaux de fer de ma fenêtre, j'endurcis mes mains en frappant contre les murailles. Quiconque me verrait faire ces exercices me croirait folle ou désespérée. Je m'y livre pourtant avec le plus triste sang-froid, et j'ai découvert que ma force physique était bien plus grande que je ne le supposais. Dans l'état de sécurité où la

vie ordinaire s'écoule, nous n'interrogeons
pas nos moyens de défense, nous ne les con-
naissons pas. En me sentant forte, je me sens
devenir brave, et ma confiance en Dieu s'ac-
croît de mes efforts pour seconder sa protection. Je me rappelle souvent de ces beaux
vers que le Porpora m'a dit avoir lus sur
les murs d'un cachot de l'inquisition à Venise :

> Di che mi fido, mi guarda Iddio ;
> Di che non mi fido, mi guarderò io (1).

Plus heureuse que l'infortuné qui traça cette
sombre invocation, je puis, du moins, me fier
sans restriction à la chasteté et au dévouement de ce pauvre exalté de Gottlieb. Ses accès de somnambulisme n'ont pas reparu ; sa
mère le surveille d'ailleurs assidûment. Dans
le jour, il vient causer avec moi dans ma

_____

(1) « Que Dieu me préserve de ceux auxquels je me fie !
Je me garderai, moi, de ceux dont je me méfie. »

chambre. Je n'ai pas voulu descendre sur l'esplanade depuis que j'y ai rencontré Mayer.

« Gottlieb m'a expliqué ses idées religieuse. Elles m'ont paru fort belles, quoique souvent bizarres, et j'ai voulu lire sa théologie de Bœhm, puisque décidément il est Bœhmiste, afin de savoir ce qu'il ajoutait de son crû aux rêveries enthousiastes de l'illustre cordonnier. Il m'a prêté ce livre précieux, et je m'y suis plongée à mes risques et périls. Je comprends maintenant comment cette lecture a troublé un esprit simple qui a pris au pied de la lettre les symboles d'un mystique un peu fou lui-même. Je ne me pique pas de les bien comprendre et de les bien expliquer; mais il me semble voir là un rayon de haute divination religieuse et l'inspiration d'une généreuse poésie. Ce qui m'a le plus frappée, c'est sa théorie sur le diable. « Dans

« le combat avec le Lucifer, Dieu ne l'a pas
« détruit. Homme aveugle, vous n'en voyez
« pas la raison. C'est que Dieu combattait
« contre Dieu. C'était la lutte d'une portion
« de la divinité contre l'autre. » Je me rappelle qu'Albert expliquait à peu près de même
le règne terrestre et transitoire du principe
du mal, et que le chapelain de Riesenburg
l'écoutait avec horreur, et traitait cette
croyance de *manichéisme*. Albert prétendait
que notre christianisme était un manichéisme
plus complet et plus superstitieux que le sien,
puisqu'il consacrait l'éternité du principe du
mal, tandis que, dans son système, il admet-
tait la réhabilitation du mauvais principe,
c'est à dire la conversion et la réconciliation.
Le mal, suivant Albert, n'était que l'erreur,
et la lumière divine devait un jour dissiper
l'erreur et faire cesser le mal. J'avoue, mes
amis, dussé-je vous sembler très hérétique,

que cette éternelle condamnation de Satan à susciter le mal, à l'aimer, et à fermer les yeux à la vérité, me paraissait aussi et me paraît toujours une idée impie.

« Enfin, Jacques Bœhm me semble millénaire, c'est-à-dire partisan de la résurrection des justes et de leur séjour avec Jésus-Christ, sur une nouvelle terre, née de la dissolution de celle-ci, pendant mille ans d'un bonheur sans nuage et d'une sagesse sans voile ; après quoi viendra la réunion complète des âmes avec Dieu, et les récompenses de l'éternité, plus parfaites encore que le *millenium*. Je me souviens bien d'avoir entendu expliquer ce symbole par le comte Albert, lorsqu'il me racontait l'histoire orageuse de sa vieille Bohême et de ses chers Taborites, lesquels étaient imbus de ces croyances renouvelées des premiers temps du christianisme. Albert croyait à tout cela dans un sens moins ma-

tériel, et sans se prononcer sur la durée de
la résurrection ni sur le chiffre de l'âge futur
du monde. Mais il pressentait et voyait pro-
phétiquement une prochaine dissolution de
la société humaine, devant faire place à une
ère de rénovation sublime; et Albert ne dou-
tait pas que son âme, sortant des passagères
étreintes de la mort, pour recommencer ici-
bas une nouvelle série d'existences, ne fût
appelée à contempler cette rémunération
providentielle et ces jours, tour-à-tour terribles et magnifiques, promis aux efforts de la
race humaine. Cette foi magnanime qui semblait monstrueuse aux orthodoxes de Riesenburg, et qui a passé en moi après m'avoir
semblé d'abord si nouvelle et si étrange, c'est
une foi de tous les temps et de tous les peu-
ples; et, malgré les efforts de l'Eglise romaine
pour l'étouffer, ou malgré son impuissance
pour l'éclaircir et la purifier du sens maté-

riel et superstitieux, je vois bien qu'elle a
rempli et enthousiasmé beaucoup d'âmes ardemment pieuses. On dit même que de grands
saints l'ont eue. Je m'y livre donc sans remords et sans effroi, certaine qu'une idée
adoptée par Albert ne peut être qu'une idée
grande. Elle me sourit, d'ailleurs, et répand
toute une poésie céleste sur la pensée que je
me fais de la mort et des souffrances qui en
rapprocheront sans doute le terme pour moi.
Ce Jacques Bœhm me plaît. Ce disciple qui
est là dans la sale cuisine des Schwartz, oc-
cupé de rêveries sublimes et entouré de vi-
sions célestes, tandis que ses parents pétris-
sent, trafiquent et s'abrutissent, me paraît
bien pur et bien touchant, avec son livre
qu'il sait par cœur sans le bien comprendre,
et son soulier qu'il a entrepris pour modeler
sa vie sur celle de son maître, sans pouvoir
en venir à bout. Infirme de corps et d'esprit,

mais naïf, candide, et de mœurs angéliques!
Pauvre Gottlieb, destiné sans doute à te briser
en tombant du haut d'un rempart dans ton
vol imaginaire à travers les cieux, ou à suc-
comber sous le poids d'imfirmités prématu-
rées! tu auras passé sur la terre comme un
saint méconnu, comme un ange exilé, sans
avoir compris le mal, sans avoir connu le
bonheur, sans avoir seulement senti la chaleur du soleil qui éclaire le monde, à force
de contempler le soleil mystique qui brille
dans ta pensée! Personne ne t'aura connu,
personne ne t'aura plaint et admiré comme
tu le mérites! Et moi qui, seule, ai surpris
le secret de tes méditations, moi qui, en comprenant aussi le beau idéal, aurais eu des forces pour le chercher et le réaliser dans ma vie,
je mourrai comme toi dans la fleur de ma jeunesse, sans avoir agi, sans avoir vécu. Il y a,
dans les fentes de ces murailles qui nous abri-

tent et nous dévorent tous les deux, de pauvres petites plantes que le vent brise et que le soleil ne colore jamais. Elles s'y dessèchent sans fleurir et sans fructifier. Cependant elles semblent s'y renouveler ; mais ce sont des semences lointaines que la brise apporte aux mêmes lieux, et qui essayent de croître et de vivre sur les débris des anciennes. Ainsi végètent les captifs, ainsi se repeuplent les prisons!

« Mais n'est-il pas étrange que je me trouve ici avec un extatique d'un ordre inférieur à celui d'Albert, mais attaché comme lui à une religion secrète, à une croyance raillée, persécutée ou méprisée ? Gottlieb assure qu'il y a beaucoup d'autres Bœhmistes que lui dans ce pays, que plusieurs cordonniers professent sa doctrine ouvertement , et que le fond de cette doctrine est implanté de tout temps dans les âmes populaires de nom-

breux philosophes et prophètes inconnus,
qui ont jadis fanatisé la Bohême, et qui , aujourd'hui, couvent un feu sacré sous la cendre dans toute l'Allemagne. Je me souviens ,
en effet, des ardents cordonniers hussites
dont Albert me racontait les prédications
audacieuses et les exploits terribles au temps
de Jean Ziska. Le nom même de Jacques
Bœhm atteste cette origine glorieuse. Moi, je
ne sais pas bien ce qui se passe dans ces cer-
veaux contemplatifs de la patiente Germanie.
Ma vie bruyante et dissipée m'éloigaint d'un
pareil examen. Mais Gottlieb et Zdenko fus-
sent-ils les derniers disciples de la religion
mystérieuse qu'Albert conservait comme un
précieux talisman, je n'en sens pas moins que
cette religion est la mienne, puisqu'elle pro-
clame la future égalité entre tous les hommes et la future manifestation de la justice et
de la bonté de Dieu sur la terre. Oh oui ! il

faut que je croie à ce règne de Dieu annoncé
aux hommes par le Christ ; il faut que je
compte sur un bouleversement de ces ini-
ques monarchies et de ces impures sociétés
pour ne pas douter de la Providence en me
voyant ici !

. . . .

« De la prisonnière n° 2, aucune nouvelle.
Si Mayer ne m'a pas fait un mensonge impudent en me rapportant ses paroles , c'est
Amélie de Prusse qui m'accuse ainsi de trahison. Que Dieu lui pardonne de douter de
moi, qui n'ai pas douté d'elle , malgré les
mêmes accusations sur son compte ! Je ne
veux plus faire de démarches pour la voir.
En cherchant à me justifier , je pourrais la
compromettre encore, comme je l'ai fait déjà
sans savoir comment.

. . . .

« Mon rouge-gorge me tient fidèle compa-

gnie. En voyant Gottlieb sans son chat dans
ma cellule, il s'est familiarisé, avec lui, et le
pauvre Gottlieb achève d'en devenir fou d'orgueil et de joie. Il l'appelle *seigneur,* et ne se
permet pas de le tutoyer. C'est avec le plus
profond respect et une sorte de tremblement
religieux qu'il lui présente sa nourriture. Je
fais de vains efforts pour lui persuader que ce
n'est qu'un oiseau comme les autres ; je ne
lui ôterai pas l'idée que c'est un esprit céleste qui a pris cette forme. Je tâche de le
distraire en lui donnant quelques notions de
musique, et véritablement il a, j'en suis certaine, une très-belle intelligence musicale.
Ses parents sont enchantés de mes soins , et
ils m'ont offert de mettre une épinette dans
une de leurs chambres où je pourrai donner
des leçons à leur fils et travailler pour mon
compte. Mais cette proposition qui m'eût
comblée de joie il y a quelques jours, je n'ose

l'accepter. Je n'ose même plus chanter dans ma cellule, tant je crains d'attirer par ici ce mélomane grossier, cet ex-professeur de trompette que Dieu confonde ! »

Le 10 mai. — « Depuis longtemps je me demandais ce qu'étaient devenus ces amis inconnus, ces protecteurs merveilleux dont le comte de Saint-Germain m'avait annoncé l'intervention dans mes affaires, et qui ne s'en sont mêlés apparemment que pour hâter les désastres dont me menaçait la bienveillance royale. Si c'étaient là les conspirateurs dont je partage le châtiment, ils ont été tous dispersés et abattus, pensais-je, en même temps que moi, ou bien ils m'ont abandonnée sur mon refus de m'échapper des griffes de M. Buddenbrock, le jour ou j'ai été transférée de Berlin à Spandaw. Eh bien, les voilà qui reparaissent, et ils ont pris Gottlieb pour leur émissaire. Les téméraires ! puissent-ils ne pas attirer sur la tête de cet innocent les mêmes maux que sur la mienne !

Ce matin Gottlieb m'a apporté furtivement un billet ainsi conçu : « Nous travail-
« lons à ta délivrance ; le moment approche.
« Mais un nouveau danger te menace, qui
« retarderait le succès de notre entreprise.
« Méfie-toi de quiconque te pousserait à la
« fuite avant que nous t'ayons donné des avis
« certains et des détails précis. On te tend
« un piége. Sois sur tes gardes et persévère
« dans ta force.

                              « Tes frères :
                        « *Les Invisibles.* »

« Ce billet est tombé aux pieds de Gottlieb, comme il traversait ce matin, une des cours de la prison. Il croit fermement lui, que cela est tombé du ciel et que le rouge-gorge s'en est mêlé. En le faisant causer, sans trop cher-

cher à contrarier ses idées féériques, j'ai
pourtant appris des choses étranges, qui ont
peut-être un fond de vérité. Je lui ai demandé s'il savait ce que c'était que les *Invisibles*.

« — Nul ne le sait m'a-t-il répondu , bien
que tout le monde feigne de le savoir.

« — Comment, Gottlieb, tu as donc entendu parler de gens qu'on appelle ainsi?

« — Dans le temps que j'étais en appren-
tissage chez le maître cordonnier de la ville ,
j'ai entendu beaucoup de choses là-dessus.

« — On en parle donc ? le peuple les connaît ?

« — Voici comment cela est venu à mes
oreilles, et, de toutes les paroles que j'ai entendues, celles-là sont du petit nombre qui
valent la peine d'être écoutées et retenues.
Un pauvre ouvrier de nos camarades s'était
blessé la main si grièvement, qu'il était ques-

tion de la lui couper. Il était l'unique sou-
tien d'une nombreuse famille qu'il avait as-
sistée jusque-là avec beaucoup de courage
et d'amour. Il venait nous voir avec sa main
empaquetée, et, tristement, il nous disait en
nous regardant travailler : « Vous êtes bien
heureux, vous autres, d'avoir les mains libres !
Pour moi, il faudra bientôt, je pense, que j'aille
à l'hôpital et que ma vieille mère demande
l'aumône pour que mes petits frères et mes
petites sœurs ne meurent pas de faim, » On
proposa une collecte ; mais nous étions tous
si pauvres, et moi, quoique né de parents riches, j'avais si peu d'argent à ma disposition,
que nous ne réunîmes pas de quoi assister con-
venablement notre pauvre camarade. Chacun
ayant vidé sa poche, chercha dans sa cervelle un moyen de tirer Franz de ce mauvais
pas. Mais nul n'en trouvait, car Franz avait
frappé à toutes les portes, et il avait été re-

poussé de partout. On dit que le roi est très riche, et que son père lui a laissé un gros trésor. Mais on dit aussi qu'il l'emploie à équiper des soldats; et comme c'était le temps de la guerre, que le roi était absent , et que tout le monde avait peur de manquer, le pauvre peuple souffrait beaucoup, et Franz ne pouvait trouver d'aide suffisante chez les bons cœurs. Quant aux mauvais cœurs ils n'ont jamais une obole à leur disposition. Tout-à-coup un jeune homme de l'atelier dit à Franz : « A ta place, je sais bien ce que je ferais ! mais peut-être n'en auras-tu pas le courage. — Ce n'est pas le courage qui me manque, dit Franz ; que faut-il faire ? — Il faut t'adresser aux *Invisibles*.« Franz parut comprendre ce dont il s'agissait, car il secoua la tête d'un air de répugnance, et ne répondit rien. Quelques jeunes gens qui, comme moi, ne savaient ce que cela signifiait, en demandèrent l'explica-

tion, et il leur fut répondu de tous côtés :
« Vous ne connaissez pas les Invisibles ? On
voit bien que vous êtes des enfants ! Les Invisibles, ce sont des gens qu'on ne voit pas,
mais qui agissent. Ils font toute sorte de
bien et toute sorte de mal. On ne sait pas
s'ils demeurent quelque part, mais il y en a
partout. On dit qu'on en trouve dans les
quatre parties du monde. Ce sont eux qui as-
sassinent beaucoup de voyageurs et qui prê-
tent main-forte à beaucoup d'autres contre
les brigands, selon que ces voyageurs sont
jugés par eux dignes de châtiment ou de protection. Ils sont les instigateurs de toutes les
révolutions : ils vont dans toutes les cours,
dirigent toutes les affaires, décident la guerre
ou la paix, rachètent les prisonniers, soula-
gent les malheureux, punissent les scélérats,
font trembler les rois sur leurs trônes ; enfin
ils sont cause de tout ce qui arrive d'heureux

et de malheureux dans le monde. Ils se trompent peut-être plus d'une fois ; mais enfin on dit qu'ils ont bonne intention ; et d'ailleurs qui peut dire si ce qui est malheur aujourd'hui ne sera pas la cause d'un grand bonheur demain ? »

« Nous écoutions cela avec grand étonnement et grande admiration, poursuivit Gottlieb, et peu à peu j'en entendis assez pour pouvoir vous dire tout ce qu'on pense des Invisibles parmi les ouvriers et le pauvre peuple ignorant. Les uns disent que ce sont de méchantes gens, voués au diable qui leur communique sa puissance, le don de connaître les choses cachées, le pouvoir de tenter les hommes par l'appât des richesses et des honneurs dont ils disposent, la faculté de connaître l'avenir, de faire de l'or, de guérir les malades, de rajeûnir les vieillards, de ressuciter les morts, d'empêcher les vivants de mourir, car ce sont eux qui ont découvert la pierre philosophale et l'élixir de longue vie. D'autres pensent que ce sont des hommes religieux et bienfaisants qui ont mis en commun leurs fortunes pour assister les malheureux, et qui s'entendent pour redresser les torts et récompenser la vertu. Dans notre atelier, chacun faisait son commentaire : « C'est l'ancien ordre des Templiers, disait l'un. — On les appelle aujourd'hui francs-maçons, disait l'autre. — Non, disait un troisième, ce sont les *Herrnhuters* de Zinzendorf, autrement dit les frères Moraves, les anciens frères de l'Union, les anciens orphelins du mont-Thabor ; enfin c'est la vieille Bohême qui est toujours debout et qui menace en secret toutes les puissances de l'Europe, parce qu'elle veut faire de l'univers une république. »

« D'autres encore prétendaient que c'était seulement une poignée de sorciers, élèves et disciples de Paracelse, de Bœhm, de Swedenborg, et *maintenant de Schrœpfer le limonadier* (voilà un beau rapprochement), qui, par des prestiges et des pratiques infernales, voulaient gouverner le monde et renverser les empires. La plupart s'accordaient à dire que c'était l'antique tribunal secret des francs-juges, qui ne s'était jamais dissous en Allemagne, et qui, après avoir agi dans l'ombre durant plusieurs siècles, commençait à relever la tête fièrement, et à faire sentir son bras de fer, son épée de feu, et ses balances de diamant.

« Quant à Franz, il hésitait à s'adresser à eux, parce que, disait-il, quand on avait accepté leurs bienfaits, on se trouvait lié à eux pour cette vie et pour l'autre, au grand préjudice du salut, et avec de grands périls pour ses proches. Cependant la nécessité l'emporta sur la crainte. Un de nos camarades, celui qui lui avait donné le conseil, et qui fut grandement soupçonné d'être affilié aux Invisibles, bien qu'il le niât fortement, lui donna en secret les moyens de faire ce qu'il appelait le signal de détresse. Nous n'avons jamais su en quoi consistait ce signal. Les uns ont dit que Franz avait tracé avec son sang sur sa porte un signe cabalistique. D'autres, qu'il avait été à minuit sur un tertre entre quatre chemins, au pied d'une croix où un cavalier noir lui était apparu. Enfin il en est qui ont parlé simplement d'une lettre qu'il aurait déposée dans le creux d'un vieux saule pleureur à l'entrée du cimetière. Ce qu'il y a de certain, c'est qu'il fut secouru, que sa famille pût attendre sa guérison sans mendier, et qu'il eut le moyen de se faire traiter par un habile chirurgien qui le tira d'affaire. Des invisibles, il n'en dit jamais un mot, si ce n'est qu'il les bénirait toute sa vie. Et voilà, ma sœur, comment j'ai appris pour la première fois l'existence de ces êtres terribles et bienfaisants.

« — Mais toi, qui es plus instruit que ces jeunes gens de ton atelier, dis-je à Gottlieb, que penses-tu des invisibles? Sont-ce des sectaires, des charlatans, ou des conspirateurs? »

« Ici Gottlieb, qui s'était exprimé jusque-là avec beaucoup de raison, retomba dans ses divagations accoutumées, et je ne pus rien en tirer, sinon que c'étaient des êtres d'une nature véritablement invisible, impalpable, et qui, comme Dieu et les anges, ne pouvaient tomber sous les sens, qu'en empruntant, pour communiquer avec les hommes, de certaines apparences.

« Il est bien évident, me dit-il, que la fin

du monde approche. Des signes manifestes ont éclaté. L'Antéchrist est né. Il y en a qui disent qu'il est en Prusse et qu'il s'appelle Voltaire ; mais je ne connais pas ce Voltaire, et ce peut bien être quelqu'autre, d'autant plus que V n'est pas W, et que le nom que l'Antéchrist portera parmi les hommes commencera par cette lettre, et sera allemand (1). En attendant les grands prodiges qui vont éclater dans le courant de ce siècle, Dieu qui ne se mêle de rien ostensiblement, Dieu qui est le *silence éternel* (2), suscite parmi nous des êtres d'une nature supérieure pour le bien et pour le mal, des puisssances occultes, des anges et des démons : ceux-ci pour éprouver les justes, ceux-là pour les faire triompher. Et puis, le grand combat entre les deux principes est déjà commencé. Le

(1) Ce pouvait être Weishaupt. Il naquit en 1748.

(2) Expression de Jacques Bœhm. *(Notes de l'éditeur.)*

roi du mal, le père de l'erreur et de l'ignorance se défend en vain. Les archanges ont
tendu l'arc de la science et de la vérité.
Leurs traits ont traversé la cuirasse de Satan.
Satan rugit et se débat encore ; mais bientôt
il va renoncer au mensonge, perdre tout son
venin, et au lieu du sang impur des reptiles,
sentir circuler dans ses veines la rosée du
pardon. Voilà l'explication claire et certaine
de ce qui se passe d'incompréhensible et
d'effrayant dans le monde. Le mal et le bien
sont aux prises dans une région supérieure
inaccessible aux efforts des hommes. La vic-
toire et la défaite planent sur nous sans que
nul puisse les fixer à son gré. Frédéric de
Prusse attribue à la force de ses armes des
succès que le destin seul lui a octroyés en
attendant qu'il le brise ou le relève encore
suivant ses fins cachées. Oui, te dis-je, il est
tout simple que les hommes ne comprennent

plus rien à ce qui se passe sur la terre. Ils
voient l'impiété prendre les armes de la foi,
et réciproquement. Ils souffrent l'oppres-
sion , la misère, et tous les fléaux de la dis-
corde, sans que leurs prières soient entendues, sans que les miracles de l'ancienne religion interviennent. Ils ne s'entendent plus
sur rien, ils se querellent sans savoir pourquoi. Ils marchent, les yeux bandés vers un
abîme. Ce sont les invisibles qui les y pous-
sent; mais on ne sait si les prodiges qui
signalent leur mission sont de Dieu ou du
diable, de même qu'au commencement du
christianisme Simon le magicien paraissait à
beaucoup d'hommes tout aussi puissant, tout
aussi divin que le Christ. Moi, je te dis que
tous les prodiges viennent de Dieu, puisque
Satan n'en peut faire sans qu'il le permette,
et que parmi ceux qu'on appelle les Invisibles, il y en a qui agissent par la lumière

directe de l'Esprit-Saint, tandis que d'autres reçoivent la puissance à travers le nuage, et font le bien fatalement croyant faire le mal.

« — Voilà une explication bien abstraite, mon cher Gottlieb ; est-elle de Jacques Bœhm, ou de toi?

« — Elle est de lui, si on veut l'entendre ainsi; elle est de moi, si son inspiration ne me l'a pas suggérée.

« — A la bonne heure, Gottlieb! me voilà aussi avancée qu'auparavant, puisque j'ignore si ces invisibles sont pour moi de bons ou de mauvais anges. »

Le 12 mai. « Les prodiges commencent, en effet, et ma destinée s'agite dans les mains des Invisibles. Je dirai comme Gottlieb : « Sont-ils de Dieu ou du diable? » Aujour-d'hui Gottlieb a été appelé par la sentinelle qui garde l'esplanade, et qui fait sa faction

sur le petit bastion qui la termine. Cette sentinelle, suivant Gottlieb, n'est autre qu'un
invisible, un esprit. La preuve en est que
Gottlieb, qui connaît tous les factionnaires, et
qui cause volontiers avec eux, quand ils s'a-
musent à lui commander des souliers, n'a jamais vu celui-là; et puis il lui a paru d'une
stature plus qu'humaine, et sa figure était
d'une expression indéfinissable. « Gottlieb,
lui a-t-il dit en lui parlant bien bas, il faut
que la Porporina soit délivrée dans trois
nuits. Cela dépend de toi; tu peux prendre
les clefs de sa chambre sous l'oreiller de ta
mère, lui faire traverser votre cuisine, et
l'amener jusqu'ici, au bout de l'esplanade.
Là je me charge du reste. Préviens-la, afin
qu'elle se tienne prête; et souviens-toi que
si tu manques de prudence et de zèle, elle,
toi et moi sommes perdus. »

« Voilà où j'en suis. Cette nouvelle m'a

rendue malade d'émotion. Toute cette nuit,
j'en ai eu la fièvre; toute cette nuit, j'ai entendu le violon fantastique. Fuir! quitter
cette triste prison, échapper surtout aux
terreurs que me cause ce Mayer! Ah! s'il ne
faut risquer que ma vie pour cela, je suis
prête; mais quelles seront les conséquences
de ma fuite pour Gottlieb, pour ce factionnaire que je ne connais pas et qui se dévoue
si gratuitement, enfin pour ces complices
inconnus, qui vont assumer sur eux une nouvelle charge? Je tremble, j'hésite, je ne suis
décidée à rien. Je vous écris encore sans
songer à préparer ma fuite. Non! je ne fuirai
pas, à moins d'être rassurée sur le sort de
mes amis et de mes protecteurs. Ce pauvre
Gottlieb est résolu à tout, lui! Qnand je lui
demande s'il ne redoute rien, il me répond
qu'il souffrirait avec joie le martyre pour
moi; et quand j'ajoute que peut-être il aura

des regrets de ne plus me voir, il ajoute que
cela le regarde, que je ne sais pas ce qu'il
compte faire. D'ailleurs tout cela lui paraît
un ordre du ciel, et il obéit sans réflexion à
la puissance inconnue qui le pousse. Mais moi,
je relis attentivement le billet des Invisibles,
que j'ai reçu ces jours derniers, et je crains
que l'avis de ce factionnaire ne soit, en effet, le piège dont je dois me méfier. J'ai encore quarante-huit heures devant moi. Si
Mayer reparaît, je risque tout ; s'il continue
à m'oublier, et que je n'aie pas de meilleure
garantie que l'avertissement d'un inconnu,
je reste. »

Le 13 — « Oh ! décidément, je me fie à la
destinée, à la Providence, qui m'envoie des
secours inespérés. Je pars, je m'appuie sur
le bras puissant qui me couvre de son égide !...
En me promenant, ce matin, sur l'esplanade,
où je me suis risquée, dans l'espérance de

recevoir des *esprits* qui m'environnent quelque nouvelle révélation, j'ai regardé sur le bastion où se tient le factionnaire. Ils étaient deux, un qui montait la garde, l'arme au bras; un autre qui allait et venait, comme s'il eût cherché quelque chose. La grande taille de ce dernier attirait mon attention; il me semblait qu'il ne m'était pas inconnu. Mais je ne devais le regarder qu'à la dérobée, et à chaque tour de promenade, il fallait lui tourner le dos. Enfin, dans un moment où j'allais vers lui, il vint aussi vers nous, comme par hasard; et, quoiqu'il fût sur un glacis beaucoup plus élevé que le nôtre, je le reconnus complétement. Je faillis laisser échapper un cri. C'était Karl le Bohémien, le déserteur que j'ai sauvé des griffes de Mayer, dans la forêt de Bohême; le Karl que j'ai revu ensuite à Roswald, en Moravie, chez le comte Hoditz, et qui m'a sacrifié un projet de ven-

geance formidable... C'est un homme qui
m'est dévoué, corps et âme, et dont la figure
sauvage, le nez épaté, la barbe rouge et les
yeux de faïence m'ont semblé aujourd'hui
beaux comme les traits de l'ange Gabriel.

— C'est lui! me disait Gottlieb tout bas,
c'est l'émissaire des Invisibles, un Invisible
lui-même, j'en suis certain! du moins il le
serait s'il le voulait. C'est votre libérateur,
c'est celui qui vous fera sortir d'ici, la nuit
prochaine. » Mon cœur battait si fort, que je
pouvais à peine me soutenir ; des larmes de
joie s'échappaient de mes yeux. Pour cacher
mon émotion à l'autre factionnaire, je m'ap-
prochai du parapet, en m'éloignant du bastion, et je feignis de contempler les herbes
du fossé. Je voyais pourtant à la dérobée
Karl et Gottlieb échanger, sans trop de mystère, des paroles que je n'entendais pas. Au
bout de quelques instants, Gottlieb revint

près de moi, et me dit rapidement : « *Il* va descendre ici, *il* va entrer chez nous et y boire une bouteille de vin. Feignez de ne pas faire attention à lui. Mon père est sorti. Pendant que ma mère ira chercher le vin à la cantine, vous rentrerez dans la cuisine, comme pour remonter chez vous, et vous pourrez *lui* parler un instant. »

« En effet, lorsque Karl eut causé quelques minutes avec madame Schwartz, qui ne dédaigne pas de faire rafraîchir à son profit les vétérans de la citadelle, je vis Gottlieb paraître sur le seuil. Je compris que c'était le signal. J'entrai, je me trouvai seule avec Karl. Gottlieb avait suivi sa mère à la cantine. Le pauvre enfant ! il semble que l'amitié lui ait revélé tout à coup la ruse et la présence d'esprit nécessaires à la pratique des choses réelles. Il fit à dessein mille gaucheries, laissa tomber la bougie, impatienta sa

mère, et la retint assez longtemps pour que
j'e pusse m'entendre avec mon sauveur.

« — Signora, me dit Karl, me voilà ! vous
voici donc enfin ! J'ai été repris par les recruteurs, c'était dans ma destinée. Mais le
roi m'a reconnu et m'a fait grâce, à cause
de vous peut-être. Puis, il m'a permis de m'en
aller, en me promettant même de l'argent,
que d'ailleurs il ne m'a pas donné. Je m'en
retournais au pays, quand j'ai appris que
vous étiez ici. J'ai été trouver un fameux
sorcier, pour savoir comment je devais m'y
prendre pour vous servir. Le sorcier m'a
envoyé au prince Henry, et le prince Henry
m'a renvoyé à Spandaw. Il y a autour de
nous des gens puissants que je ne connais
pas, mais qui travaillent pour vous. Ils n'é-
pargnent ni l'argent, ni les démarches, je
vous assure ! Enfin, tout est prêt. Demain
soir, les portes s'ouvriront d'elles-mêmes

devant nous. Tout ce qui pourrait nous barrer le passage est gagné. Il n'y a que les
Schwartz qui ne soient pas dans nos intérêts.
Mais ils auront demain le sommeil plus lourd
que de coutume, et quand ils s'éveilleront,
vous serez déjà loin. Nous enlevons Gottlieb,
qui demande à vous suivre. Je décampe avec
vous, nous ne risquons rien, tout est prévu.
Soyez prête, signora, et maintenant retournez sur l'esplanade, afin que la vieille ne
vous trouve pas ici. » Je n'exprimai ma reconnaissance à Karl que par des pleurs, et je
courus les cacher au regard inquisiteur
de madame Schwartz.

« O mes amis je vous reverrai donc ! je
vous presserai donc dans mes bras ! J'echap-
perai encore une fois à l'affreux Mayer ! Je
reverrai l'étendue des cieux, les riantes cam-
pagnes, Venise, l'Italie ; je chanterai encore,
je retrouverai des sympathies ! Oh ! cette

prison a retrempé ma vie et renouvelé mon
cœur qui s'éteignait dans la langueur de
l'indifférence. Comme je vais vivre, comme
je vais aimer, comme je vais être pieuse et
bonne !

« Et pourtant, énigme profonde du cœur
humain ! je me sens terrifiée et presque
triste à l'idée de quitter cette cellule où j'ai
passé trois mois dans un effort perpétuel de
courage et de résignation, cette esplanade
où j'ai promené tant de mélancoliques rêveries, ces vieilles murailles qui paraissaient
si hautes, si froides, si sereines au clair de la
lune ! Et ce grand fossé dont l'eau morne
était d'un si beau vert, et ces milliers de tristes fleurs que le printemps avait semées sur
ses rives ! Et mon rouge-gorge surtout ! Gottlieb prétend qu'il nous suivra ; mais à cette
heure-là, il sera endormi dans le lierre, et
ne s'apercevra pas de notre départ. O cher

petit être! puisses-tu faire la société et la consolation de celle qui me succédera dans cette cellule! Puisse-t-elle te soigner et te respecter comme je l'ai fait!

« Allons! je vais essayer de dormir pour être forte et calme demain. Je cachette ce manuscrit, que je veux emporter. Je me suis procuré, au moyen de Gottlieb, une nouvelle provision de papier, de crayons et de bougie, que je veux laisser dans ma cachette, afin que ces richesses inappréciables aux prisonniers fassent la joie de quelque autre après moi. »

Ici finissait le journal de Consuelo. Nous reprendrons le récit fidèle de ses aventures.

Il est nécessaire d'apprendre au lecteur que Karl ne s'était pas faussement vanté d'être aidé et employé par de puissants personnages. Ces chevaliers invisibles qui travaillaient à la délivrance de notre héroïne avaient ré-

pandu l'or à pleines mains. Plusieurs guichetiers, huit ou dix vétérans, et jusqu'à un officier, s'étaient engagés à se tenir coi, à ne
rien voir, et, en cas d'alarme, à ne courir
sus aux fugitifs que pour la forme. Le soir
fixé pour l'évasion, Karl avait soupé chez les
Schwartz, et, feignant d'être ivre, il les avait
invités à boire avec lui. La mère Schwartz
avait le gosier ardent comme la plupart des
femmes adonnées à l'art culinaire. Son mari
ne haïssait pas l'eau-de-vie de sa cantine,
quand il la dégustait aux frais d'autrui. Une
drogue narcotique, furtivement introduite
par Karl dans le flacon, aida à l'effet du
breuvage énergique. Les époux Schwartz
regagnèrent leur lit avec peine, et y ronflè-
rent si fort, que Gottlieb, qui attribuait tout
à des influences surnaturelles, ne manqua
pas de les croire enchantés lorsqu'il s'approcha d'eux pour dérober les clefs. Karl était

retourné sur le bastion pour y faire sa faction. Consuelo arriva sans peine avec Gottlieb jusqu'à cet endroit, et monta intrépide-
ment l'échelle de corde que lui jeta le
déserteur. Mais le pauvre Gottlieb, qui s'ob-
stinait à fuir avec elle malgré toutes ses
remontrances, devint un grand embarras
dans ce passage. Lui qui, dans ses accès de
somnambulisme, courait comme un chat
dans les gouttières, il n'était plus capable de
faire agilement trois pas sur le sol le plus
uni dès qu'il était éveillé. Soutenu par la
conviction qu'il suivait un envoyé du ciel, il
n'avait aucune peur, et se fût jeté sans hésitation en bas des remparts si Karl le lui eût
conseillé. Mais sa confiance audacieuse
ajoutait aux dangers de sa gaucherie. Il
grimpait au hasard, dédaignant de rien voir
et de rien calculer. Après avoir fait frisson-
ner vingt fois Consuelo qui le crut vingt fois

perdu, il atteignit enfin la plate-forme du
bastion, et de là nos trois fugitifs se dirigè-
rent à travers les corridors de cette partie de
la citadelle où se trouvaient logés les fonc-
tionnaires initiés à leur complot. Ils s'avan-
çaient sans obstacles, lorsque tout-à-coup ils
se trouvèrent face-à-face avec l'adjudant
Nanteuil, autrement dit, l'ex-recruteur
Mayer. Consuelo se crut perdue ; mais Karl
l'empêcha de prendre la fuite en lui disant :
« Ne craignez rien, signora, monsieur l'adjudant est dans vos intérêts. »

« — Arrêtez-vous ici, leur dit Nanteuil à
la hâte ; il y a une anicroche. L'adjudant
Weber ne s'est-il pas avisé de venir souper
dans notre quartier avec ce vieux imbécille de
lieutenant ? ils sont dans la salle que vous
êtes obligés de traverser. Il faut trouver un
moyen de les renvoyer, Karl, retournez vite
à votre faction. On pourrait s'apercevoir trop

tôt de votre absence. J'irai vous chercher quand il sera temps. Madame va entrer dans ma chambre. Gottlieb va venir avec moi. Je prétendrai qu'il est en somnambulisme ; mes deux nigauds courront après lui pour le voir, et quand la salle sera évacuée, j'en prendrai la clef pour qu'ils n'y reviennent pas. »

Gottlieb, qui ne se savait pas somnambule, ouvrit de gros yeux : mais Karl lui ayant fait signe d'obéir, il obéit aveuglément. Consuelo éprouvait une insurmontable répugnance à entrer dans la chambre de Mayer. « Que craignez-vous de cet homme ? lui dit Karl à voix basse. Il a une trop grosse somme à gagner pour songer à vous trahir. Son conseil est bon : je retourne sur le bastion, Trop de hâte nous perdrait.

— Trop de sang-froid et de prévoyance pourrait bien nous perdre aussi, » pensa Consuelo. Néanmoins elle céda. Elle avait

une arme sur elle. En traversant la cuisine
de Schwartz, elle s'était emparée d'un petit
couperet dont la compagnie la rassurait un
peu. Elle avait remis à Karl son argent et ses
papiers, ne gardant sur elle que son crucifix,
qu'elle n'était pas loin de regarder comme un
amulette.

Mayer l'enferma dans sa chambre pour
plus de sûreté, et s'éloigna avec Gottlieb.

u bout de dix minutes, qui parurent un
siècle à Consuelo, Nanteuil revint la trouver,
et elle remarqua avec terreur qu'il refer-
mait la porte sur lui et mettait la clef dans
sa poche.

« Signora, lui dit-il en italien, vous avez
encore une demi heure à patienter. Les drô-
les sont ivres, et ne lèveront le siége que
quand l'horloge sonnera une heure ; alors le
gardien qui a le soin de ce quartier les mettra
dehors.

— Et qu'avez-vous fait de Gottlieb, monsieur ?

—Votre ami Gottlieb est en sureté derrière un tas de fagots où il pourra bien s'endormir; mais il n'en marchera peut-être que mieux pour vous suivre.

— Karl sera averti, n'est-il pas vrai ?

— A moins que je ne veuille le faire pendre, répondit l'adjudant avec une expression qui parut diabolique à Consuelo, je n'aurai garde de le laisser là. Etes-vous contente de moi, signora?

— Je ne suis pas à même de vous prouver maintenant ma gratitude, monsieur, répondit Consuelo avec une froideur dont elle s'efforçait en vain de dissimuler le dédain; mais j'espère m'acquitter bientôt honorablement envers vous.

—Pardieu, vous pouvez vous acquitter tout de suite (Consuelo fit un mouvement d'horreur)

en me témoignant un peu d'amitié, ajouta
Mayer d'un ton de lourde et grossière cajole-
rie. Là, voyons, si je n'étais pas un mélomane
passionné... et si vous n'étiez pas une si jolie
personne, je serais bien coupable de manquer
ainsi à mes devoirs pour vous faire évader.
Croyez vous que ce soit l'attrait du gain qui
m'ait porté à cela ? Baste ! je suis assez riche
pour me passer de vous autres, et le prince
Henry n'est pas assez puissant pour me sauver de la corde ou de la prison perpétuelle,
si je suis découvert. Dans tous les cas, ma
mauvaise surveillance va entraîner ma disgrâce, ma translation dans une forteresse
moins agréable, moins voisine de la capi-
tale... Tout cela exige bien quelque consolation. Allons ne faites pas tant la fière. Vous
savez bien que je suis amoureux de vous.
J'ai le cœur tendre, moi ! Ce n'est pas une
raison pour abuser de ma faiblesse ; vous n'ê-

tes pas une religieuse , une bigote, que diable ? Vous êtes une charmante fille de théâtre, et je parie bien que vous n'avez pas fait votre chemin dans les premiers emplois sans faire l'aumône d'un peu de tendresse à vos directeurs. Pardieu ! si vous avez chanté devant Marie-Thérèse, comme on le dit , vous avez traversé le boudoir du prince de Kaunitz. Vous voici dans un appartement moins splendide ; mais je tiens votre liberté dans mes mains, et la liberté est plus précieuse encore que la faveur d'une impératrice.

— Est-ce une menace , monsieur ? répondit Consuelo pâle d'indignation et de dégoût.

— Non , c'est une prière, belle signora.

— J'espère que ce n'est pas une condition ?

— Nullement ! Fi donc ! Jamais ! ce serait une indignité, » répondit Mayer avec une im-

pudente ironie, en s'approchant de Consuelo
les bras ouverts.

Consuelo, épouvantée, s'enfuit au bout de
la chambre. Mayer l'y suivit. Elle vit bien
qu'elle était perdue si elle ne sacrifiait l'humanité à l'honneur ; et , subitement inspirée
par la terrible fierté des femmes espagnoles ,
elle reçut l'étreinte de l'ignoble Mayer en lui
enfonçant quelques lignes de couteau dans
la poitrine. Mayer était fort gras, et la blessure ne fut pas dangereuse ; mais en voyant
son sang couler, comme il était aussi lâche
que sensuel, il se crut mort, et alla tomber
en défaillance, le ventre sur son lit, en mur-
murant : « Je suis assassiné ! je suis perdu ! »
Consuelo crut l'avoir tué, et faillit s'évanouir
elle-même. Au bout de quelques instants de
terreur silencieuse, elle osa pourtant s'ap-
procher de lui, et, le voyant immobile , elle
se hasarda à ramasser la clef de la chambre,

qu'il avait laissée tomber à ses pieds. A peine
la tint-elle, qu'elle sentit renaître son courage ; elle sortit sans hésitation, et s'élança
au hasard dans les galeries. Elle trouva toutes les portes ouvertes devant elle, et descendit un escalier sans savoir où il la conduirait. Mais ses jambes fléchirent lorsqu'elle
entendit retentir la cloche d'alarme, et peu
après le roulement du tambour, et ce canon
qui l'avait émue si fort la nuit où le somnambulisme de Gottlieb avait causé une alerte.
Elle tomba à genoux sur les dernières mar-
ches, et joignant les mains, elle invoqua Dieu
pour le pauvre Gottlieb et pour le généreux
Karl. Séparée d'eux après les avoir laissés
s'exposer à la mort pour elle, elle ne se sentit plus aucune force, aucun désir de salut.
Des pas lourds et précipités retentissaient à
ses oreilles, la clarté des flambeaux jaillissait

devant ses yeux effarés, et elle ne savait déjà
plus si c'était la réalité ou l'effet de son
propre délire. Elle se laissa glisser dans un
coin, et perdit tout-à-fait connaissance.

9

Lorsque Consuelo reprit connaissance, elle éprouva un bien-être incomparable, sans pouvoir se rendre compte ni du lieu où elle était, ni des évènements qui l'y avaient amenée. Elle était couchée en plein air ; et, sans ressentir aucunement le froid de la nuit, elle

voyait librement les étoiles briller dans le
ciel vaste et pur. A ce coup d'œil enchanteur
succéda bientôt la sensation d'un mouvement
assez rapide, mais souple et agréable. Le
bruit de la rame qui s'enfonçait dans l'eau, à
intervalles rapprochés, lui fit comprendre
qu'elle était dans une barque, et qu'elle traversait l'étang. Une douce chaleur pénétrait
ses membres ; et il y avait, dans la placidité
des eaux dormantes où la brise agitait de
nombreux herbages aquatiques , quelque
chose de suave qui rappelait les lagunes de Venise, dans les belles nuits du printemps. Consuelo souleva sa tête alanguie, regarda autour d'elle, et vit deux rameurs faisant force
de bras chacun à une extrémité de la barque.
Elle chercha des yeux la citadelle , et la vit
déjà loin, sombre comme une montagne de
pierre, dans le cadre transparent de l'air et
de l'onde. Elle se dit qu'elle était sauvée ;

mais aussitôt elle se rappela ses amis, et prononça le nom de Karl avec anxiété. « Je suis là ! Pas un mot, signora, le plus profond silence ! » répondit Karl qui ramait devant elle. Consuelo pensa que l'autre rameur était Gottlieb ; et, trop faible pour se tourmenter plus longtemps, elle se laissa retomber dans sa première attitude. Une main ramena autour d'elle le manteau souple et chaud dont on l'avait enveloppée ; mais elle l'écarta doucement de son visage, afin de contempler l'azur constellé qui se déroulait sans bornes au-dessus de sa tête.

A mesure qu'elle sentait revenir ses forces et l'élasticité de ses mouvements, paralysés par une violente crise nerveuse, elle recueillait ses pensées ; et le souvenir [de Mayer se présenta horrible et sanglant devant elle. Elle fit un effort pour se soulever de nouveau, en s'apercevant qu'elle avait la tête appuyée sur

les genoux et le corps soutenu par le bras
d'un troisième passager qu'elle n'avait pas encore vu, ou plutôt qu'elle avait pris pour un
ballot, tant il était enveloppé, caché et immobile, étendu derrière elle, dans le fond de
la barque.

Une profonde terreur s'empara de Consulo
lorsqu'elle se rappela l'imprudente confiance
que Karl avait témoignée à Mayer, et qu'elle
supposa possible la présence de ce misérable
auprès d'elle. Le soin qu'il semblait prendre
de se cacher aggravait les soupçons de la fugitive. Elle était pleine de confusion d'avoir
reposé contre le sein de cet homme, et repro-
chait presque à la Providence de lui avoir laissé goûter, sous sa protection, quelques instants d'un oubli salutaire et d'un bien-être
ineffable.

Heureusement la barque touchait terre en
ce moment, et Consuelo se hâta de se lever

pour prendre la main de Karl, et s'élancer
sur le rivage; mais la secousse de l'atterrisse-
ment la fit chanceler et retomber dans les bras
du personnage mystérieux. Elle le vit alors
debout , et, à la faible clarté des étoiles, elle
distingua qu'il portait un masque noir sur le
visage. Mais il avait toute la tête de plus que
Mayer ; et quoiqu'il fut enveloppé d'un long
manteau, sa stature avait l'élégance d'un
corps svelte et dégagé. Ces circonstances
rassurèrent complètement la fugitive ; elle
accepta le bras qu'il lui offrit en silence, et
fit avec lui une cinquantaine de pas sur la
grève, suivie de Karl et de l'autre individu,
qui lui avaient renouvelé , par signes, l'injonction de ne pas dire un seul mot. La campagne était muette et déserte ; aucune agitation ne se faisait plus pressentir dans la
citadelle. On trouva, derrière un hallier, une
voiture attelée de quatre chevaux, où l'in-

connu monta avec Consuelo. Karl se mit sur
le siége. Le troisième individu disparut, sans
que Consuelo y prit garde. Elle cédait à la
hâte silencieuse et solennelle de ses libéra-
teurs; et bientôt le carrosse, qui était excellent et d'une souplesse recherchée, roula dans
la nuit avec la rapidité de la foudre. Le bruit
des roues et le galop des chevaux ne disposent guère à la conversation. Consuelo se sentait fort intimidée et même un peu effrayée
de son tète-à-tête avec l'inconnu. Cependant
lorsqu'elle vit qu'il n'y avait plus aucun danger à rompre le silence, elle crut devoir lui
exprimer sa reconnaissance et sa joie; mais
elle n'en obtint aucune réponse. Il s'était
placé vis-à-vis d'elle, en signe de respect; il
lui prit la main, et la serra dans les siennes,
sans dire un seul mot; puis il se renfonça
dans le coin de la voiture; et Consuelo, qui
avait espéré engager la conversation, n'osa

insister contre ce refus tacite. Elle désirait vivement savoir à quel ami généreux et dévoué elle était redevable de son salut ; mais
elle éprouvait pour lui, sans le connaître, un
sentiment instinctif de respect mêlé de crainte , et son imagination prêtait à cet étrange
compagnon de voyage toutes les qualités ro-
manesques que comportait la circonstance.
Enfin la pensée lui vint que c'était un agent
subalterne des *invisibles*, peut-être un fidèle
serviteur qui craignait de manquer aux devoirs de sa condition en se permettant de
lui parler la nuit dans le tête-à-tête.

Au bout de deux heures de course rapide,
on s'arrêta au milieu d'un bois fort sombre ;
le relais qu'on y devait trouver n'était pas
encore arrivé. L'inconnu s'éloigna un peu
pour voir s'il approchait, ou pour dissimuler
son impatience et son inquiétude. Consuelo
mit pied à terre aussi, et se promena sur le

sable d'un sentier voisin avec Karl, à qui elle
avait mille questions à faire.

« Grâce à Dieu, signora, vous voilà vivante, lui dit ce fidèle écuyer.

— Et toi-même, cher Karl?

— On ne peut mieux, puisque vous êtes
sauvée.

— Et Gottlieb, comment se trouve-t-il?

— Je présume qu'il se trouve bien dans
son lit à Spandaw.

— Juste ciel! Gottlieb est donc resté? Il
va donc payer pour nous?

— Il ne payera ni pour lui-même, ni pour
personne. L'alarme donnée, je ne sais par
qui, j'ai couru pour vous rejoindre à tout
hasard, voyant bien que c'était le moment
de risquer le tout pour le tout. J'ai rencontré l'adjudant Nanteuil, c'est-à-dire le recruteur Mayer, qui était fort pâle...,

— Tu l'as rencontré, Karl? Il était debout, il marchait?

— Pourquoi non?

— Il n'était donc pas blessé?

— Ah! si fait : il m'a dit qu'il s'était un, peu blessé en tombant dans l'obscurité sur un faisceau d'armes. Mais je n'y ai pas fait grande attention, et lui ai demandé vite où vous étiez. Il n'en savait rien, il avait perdu la tête. Je crus même voir qu'il avait l'intention de nous trahir ; car la cloche d'alarme que j'avais entendue, et dont j'avais bien reconnu le timbre, est celle qui part de son alcôve et qui sonne pour son quartier. Mais il paraissait s'être ravisé ; car il savait bien, le drôle, qu'il y avait beaucoup d'argent à gagner en vous délivrant. Il m'a donc aidé à détourner l'orage, en disant à tous ceux que nous rencontrions que c'était ce somnambule de Gottlieb qui avait encore une fois causé

une fausse alerte. En effet, comme si Gott-
tlieb eût voulu lui donner raison, nous le
trouvâmes endormi dans un coin, de ce sommeil singulier dont il est pris souvent au beau
milieu du jour, là où il se trouve, fût-ce sur
le parapet de l'esplanade. On eût dit l'a-
gitation de sa fuite le faisait dormir debout,
ce qui est, ma foi, bien merveilleux, à moins
qu'il n'ait bu par mégarde à souper quelques gouttes du breuvage que j'ai versé
à pleins bords à ses chers parents! Ce que
je sais, c'est qu'on l'a enfermé dans la première chambre venue pour l'empêcher de
s'aller promener sur les glacis, et que j'ai
jugé à propos de le laisser là jusqu'à nouvel
ordre. On ne pourra l'accuser de rien, et ma
fuite expliquera suffisamment la vôtre. Les
Schwartz dormaient trop bien de leur côté
pour entendre la cloche, et personne n'aura
été voir si votre chambre était ouverte ou

fermée. Ce ne sera donc que demain que l'a-
larme sera sérieuse. M. Nanteuil m'a aidé à
la dissiper, et je me suis mis à votre recherche, en feignant de retourner à mon dortoir.
J'ai eu le bonheur de vous trouver à trois
pas de la porte que nous devions franchir
pour nous sauver. Les guichetiers de par là
étaient tous gagnés. D'abord j'ai été bien effrayé de vous trouver presque morte. Mais
morte ou vivante, je ne voulais pas vous
laisser là. Je vous ai portée sans encombre
dans la barque qui nous attendait le long du
fossé. Et alors... il m'est arrivé une petite
aventure assez désagréable que je vous raconterai une autre fois, signora... Vous avez
eu assez d'émotions comme cela aujourd'hui,
et ce que je vous dirais pourrait vous causer
un peu de saisissement.

— Non, non, Karl, je veux tout savoir, je
suis de force à tout entendre.

— Oh ! je vous connais, signora ! vous me blâmerez. Vous avez votre manière de voir. Je me souviens de Roswald, où vous m'avez empêché...

— Karl, ton refus de parler me tourmenterait cruellement. Parle, je t'en conjure, je le veux.

— Eh bien, signora, c'est un petit malheur, après tout ; et s'il y a péché, cela ne regarde que moi. Comme je vous passais dans la barque sous une arcade basse, bien lentement pour ne pas faire trop de bruit avec mes rames dans cet endroit sonore, voilà que sur le bout d'une petite jetée qui se trouve là et qui barre à demi l'arcade, je suis arrêté par trois hommes qui me prennent au collet tout en sautant dans la barque. Il faut vous dire que la personne qui voyage avec vous dans la voiture, et qui était déjà des nôtres, ajouta Karl en baissant la voix, avait

eu l'imprudence de remettre les deux tiers
de la somme convenue à Nanteuil, en traversant la dernière poterne. Nanteuil, pensant qu'il pouvait bien s'en contenter et re-
gagner le reste en nous trahissant, s'était
aposté là avec deux vauriens de son espèce
pour vous rattraper. Il espérait se défaire
d'abord de votre protecteur et de moi, afin
que personne ne pût parler de l'argent qu'il
avait reçu. Voilà pourquoi, sans doute, ces
garnements se mirent en devoir de nous as-
sassiner. Mais votre compagnon de voyage,
signora, tout paisible qu'il en a l'air, est un
lion dans le combat. Je vous jure que je m'en
souviendrai longtemps. En deux tours de
bras, il se débarrassa d'un premier coquin
en le jetant dans l'eau ; le second, intimidé,
ressauta sur la chaussée, et se tint à distance pour voir comment finirait la lutte que
j'avais avec l'adjudant. Ma foi, signora, je ne

m'en acquittai pas avec autant de grâce que
sa brillante Seigneurie.... dont j'ignore le
nom. Cela dura bien une demi-minute, ce
qui ne me fait pas honneur ; car ce Nanteuil,
qui est ordinairement fort comme un tau-
reau, paraissait mou et affaibli, comme s'il
eût eu peur, ou comme si la blessure dont il
m'avait parlé lui eût donné du souci. Enfin,
le sentant lâcher prise, je l'enlevai et lui
trempai un peu les pieds dans l'eau. *Sa Seigneurie* me dit alors : « Ne le tuez pas, c'est
inutile. » Mais moi, qui l'avais bien reconnu,
et qui savais comme il nage, comme il est
tenace, cruel, capable de tout, moi qui avais
senti ailleurs la force de ses poings, et qui
avais de vieux comptes à régler avec lui, je
n'ai pas pu me retenir de lui donner un coup
de ma main fermée sur la tête... coup qui le
préservera d'en recevoir et d'en appliquer
jamais d'autres, signora ! Que Dieu fasse paix

à son âme et miséricorde à la mienne? Il s'enfonça dans l'eau tout droit comme un soliveau, dessina un grand rond, et ne reparut pas plus que s'il eût été de marbre. Le compagnon que Sa Seigneurie avait renvoyé de notre barque par le même chemin avait fait un plongeon, et déjà il était au bord de la jetée, où son camarade, le plus prudent des trois, l'aidait à tâcher de reprendre pied. Ce n'était pas facile; la levée est si étroite dans cet endroit-là que l'un entraînait l'autre, et qu'ils retombaient à l'eau tous les deux. Pendant qu'ils se débattaient en jurant l'un contre l'autre, et faisaient une petite partie de natation, moi je faisais force de rames, et j'eus bientôt gagné un endroit où un second rameur, brave pêcheur de son métier, m'avait donné parole de venir m'aider d'un ou deux coups d'aviron pour traverser l'étang. Bien m'a pris, du reste, si-

gnora, de m'être exercé au métier de marin
sur les eaux douces du parc de Roswald. Je
ne savais pas, le jour où je fis partie, sous
vos yeux, d'une si belle répétition, que j'aurais un jour l'occasion de soutenir pour vous
un combat naval, un peu moins magnifique,
mais un peu plus sérieux. Cela m'a traversé
la mémoire quand je me suis trouvé en pleine eau, et voilà qu'il m'a pris un fou rire....
mais un fou rire bien désagréable! Je ne faisais pas le moindre bruit, du moins je ne
m'entendais pas. Mais mes dents claquaient
dans ma bouche, j'avais comme une main de
fer sur la gorge, et la sueur me coulait du
front, froide comme glace!... Ah! je vois
bien qu'on ne tue pas un homme aussi tranquillement qu'une mouche. Ce n'est pourtant
pas le premier, puisque j'ai fait la guerre;
mais c'était la guerre! Au lieu que comme
cela dans un coin, la nuit, derrière un mur,

sans se dire un mot, cela ressemble à un meurtre prémédité. Et pourtant c'était le cas de légitime défense! Et encore ce n'eut pas été le premier assassinat que j'aurais prémédité!... Vous vous en souvenez, signora? Sans vous... je l'aurais fait! Mais je ne sais si je ne m'en serais pas repenti après. Ce qu'il y a de sûr, c'est que j'ai ri d'un vilain rire sur l'étang... Et encore à présent, je ne peux pas m'empêcher... Il était si drôle en s'enfonçant tout droit dans le fossé! comme un roseau qu'on plante dans la vase! et quand je n'ai plus vu que sa tête près de disparaître, sa tête aplatie par mon poing... miséricorde! qu'il était laid! Il m'a fait peur!... Je le vois encore! »

Consuelo, craignant l'effet de cette terrible émotion sur le pauvre Karl, chercha à surmonter la sienne propre pour le calmer et le distraire. Karl était né doux et patient comme

un véritable serf bohémien. Cette vie tragique,
où la destinée l'avait jeté, n'était pas faite pour
lui ; et en accomplissant des actes d'énergie
et de vengeance, il éprouvait l'horreur du remords et les terreurs de la dévotion. Consuelo
le détourna de ses pensées lugubres, pour
donner peut-être aussi le change aux siennes propres. Elle aussi s'était armée cette
nuit-là pour le meurtre. Elle aussi avait
frappé et fait couler quelques gouttes du
sang de la victime impure. Une âme droite
et pieuse ne saurait aborder la pensée et
concevoir la résolution de l'homicide sans
maudire et déplorer les circonstances qui
placent l'honneur et la vie sous la sauve-gar-
de du poignard. Consuelo était navrée et
atterrée, et elle n'osait plus se dire que sa
liberté méritât d'être achetée au prix du
sang, même de celui d'un scélérat.

« Mon pauvre Karl, dit-elle, nous avons

fait l'office du bourreau cette nuit! cela est
affreux. Console-toi par l'idée que nous n'a-
vions ni résolu ni prévu ce à quoi la nécessité nous a poussés. Parle-moi de ce seigneur
qui a travaillé si généreusement à ma délivrance. Tu ne le connais donc pas?

— Nullement, signora; je l'ai vu ce soir
pour la première fois, et je ne sais pas son
nom.

— Mais où nous mène-t-il, Karl?

— Je ne sais pas, signora. Il m'est défendu
de m'en informer ; et je suis même chargé,
d'autre part, de vous dire que si vous faisiez
en route la moindre tentative pour savoir où
vous êtes et où vous allez, on serait forcé de
vous abandonner en chemin. Il est certain
qu'on ne nous veut que du bien : je suis donc
resolu, pour ma part, à me laisser conduire
comme un enfant.

— As-tu vu la figure de ce seigneur?

— Je l'ai aperçue, au reflet d'une lanterne, au moment où je vous déposais dans la barque. C'est une belle figure, signora, je n'en ai jamais vu de plus belle. On dirait un roi.

— Rien que cela, Karl? Est-il jeune?

— Quelque chose comme trente ans.

— Quelle langue te parle-t-il?

— Le franc bohême, la vraie langue du chrétien! Il ne m'a dit que quatre ou cinq mots. Mais quel plaisir cela m'eût fait de les entendre dans ma langue... si ce n'eût été dans un vilain moment! « *Ne le tue pas, c'est inutile.* » Oh! il se trompait, c'était grandement nécessaire, n'est-ce pas, signora?

— Qu'a-t-il dit, lui, quand tu as pris ce terrible parti?

— Je crois, Dieu me pardonne! qu'il ne s'en est pas aperçu. Il s'était jeté au fond de la barque où vous étiez comme morte; et,

dans la crainte que vous ne fussiez atteinte
de quelque coup, il vous faisait un rempart
de son corps. Et quand nous nous sommes
trouvés en sûreté, en pleine eau, il vous a
soulevée dans ses bras, il vous a enveloppée
d'un bon manteau qu'il avait apporté pour
vous apparemment, et il vous soutenait contre son cœur, comme une mère qui tient son
enfant. Oh! il paraît grandement vous ché-
rir, signora! Il est impossible que vous ne
le connaissiez pas.

— Je le connais peut-être, mais puisque je
n'ai pu venir à bout d'apercevoir son visage!...

— Voilà qui est singulier, qu'il se cache de
vous! Au reste, rien ne doit étonner de la
part de ces gens-là.

— Quelles gens, dis-moi?

— Ceux qu'on appelle les *chevaliers*, les
masques noirs, les *invisibles*. Je n'en sais pas

pas plus long que vous sur leur compte, signora, bien que depuis deux mois ils me
conduisent par la lisière et me mènent pas-à-
pas à vous secourir et à vous sauver. »

Le bruit amorti du galop des chevaux sur
l'herbe se fit entendre. En deux minutes,
l'attelage fut renouvelé, ainsi que le postil-
lon qui n'appartenait pas à l'ordonnance
royale, et qui échangea à l'écart quelques
paroles rapides avec l'inconnu. Celui-ci vint
présenter la main à Consuelo, qui rentra
avec lui dans la voiture. Il s'y assit au fond,
à la plus grande distance d'elle possible ;
mais il n'interrompit le silence solennel de la
nuit que pour faire sonner deux heures à sa
montre. Le jour était encore loin de paraître,
quoiqu'on entendît le chant de la caille dans
les bruyères et l'aboiement lointain des chiens
de ferme. La nuit était magnifique, la con-
stellation de la grande ourse s'élargissait en

se renversant sur l'horizon. Le roulement de la voiture étouffa les voix harmonieuses de la campagne, et on tourna le dos aux grandes étoiles boréales. Consuelo comprit qu'elle marchait vers le sud. Karl, sur le siège de la voiture, s'efforcait de repousser le spectre de Mayer, qu'il croyait voir flotter à tous les carrefours de la forêt, au pied des croix, ou sous les grands sapins des futaies. Il ne songeait donc guère à remarquer vers quelles régions sa bonne ou sa mauvaise étoile le dirigeait.

FIN DU DEUXIÈME VOLUME.

Imprimerie Hydraulique de Giroux et Vialat, à Saint-Denis-du-Port, près Lagny.

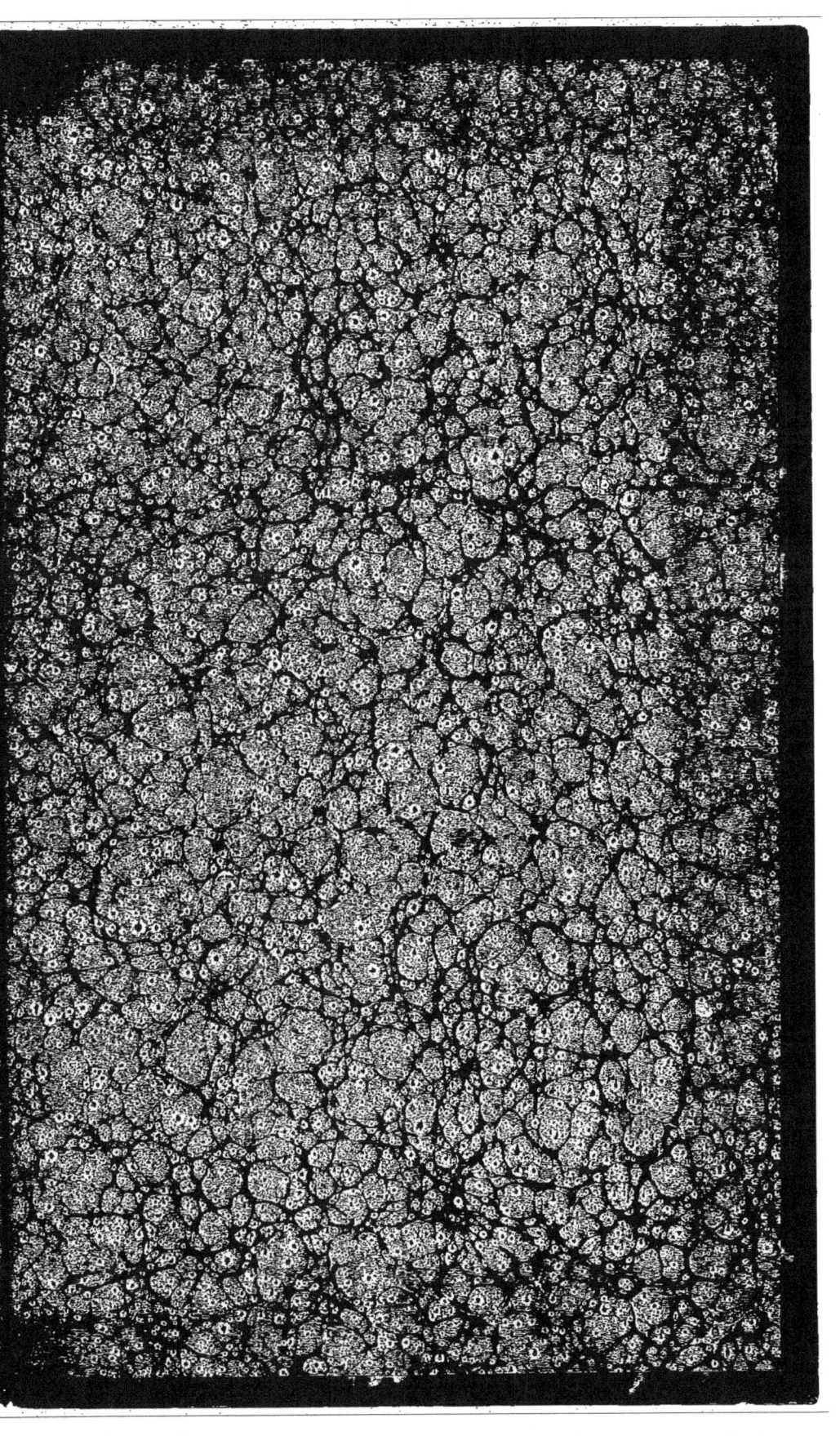

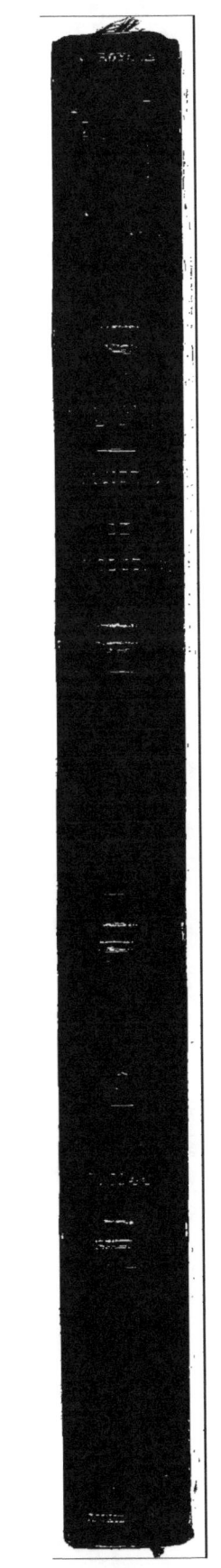

www.ingramcontent.com/pod-product-compliance
Lightning Source LLC
Chambersburg PA
CBHW050143030726
47505CB00005B/1205